Yoko Ogawa

米娜的行进

ミーナ のしんこう

[日]小川洋子 著

竺家荣 译

浙江出版联合集团

浙江文艺出版社

Mîna no Kôshin

Copyright ⓒ 2006 by Yoko Ogawa

First published in Japan in 2006 by Chuokoron-Shinsha Inc., Tokyo

Simplified Chinese translation rights arranged with Yoko Ogawa

through Japan Foreign-Rights Centre / Bardon-Chinese Media Agency

本书中文简体字版版权，浙江文艺出版社独家所有。

版权合同登记号：图字：11-2015-310 号

图书在版编目（CIP）数据

米娜的行进 /（日）小川洋子著；竺家荣译. —杭州：

浙江文艺出版社，2018.3

ISBN 978-7-5339-4939-6

Ⅰ.①米… Ⅱ.①小… ②竺… Ⅲ.①长篇小说—日

本—现代 Ⅳ.①I313.45

中国版本图书馆 CIP 数据核字（2017）第 153850 号

米娜的行进

作　　者：〔日〕小川洋子
译　　者：竺家荣
责任编辑：王盈盈
出版发行：浙江文艺出版社
地　　址：杭州市体育场路 347 号
网　　址：www.zjwycbs.cn
经　　销：浙江省新华书店集团有限公司
印　　刷：浙江超能印业有限公司
版　　次：2018 年 3 月第 1 版　2018 年 3 月第 1 次印刷
开　　本：880 毫米×1230 毫米　1/32
字　　数：168 千字
印　　张：10.5
插　　页：1
书　　号：ISBN 978-7-5339-4939-6
定　　价：42.00 元

一

　　我出生以来第一次坐的车子是千里迢迢从德国海运来的蕾丝装饰的铜制婴儿车。整个车体由十分优雅的曲线构成，连婴儿车的内衬都毫不吝啬地全部使用了手工制作的蕾丝，摸上去就像小鸟的绒毛一样柔软。把手就不用说了，从遮阳篷到车轮的五金件无不闪耀着光辉。在头部的软垫上，用浅粉色的花体字绣着"Tomoko①"的字样。

　　那辆婴儿车是大姨送我的生日礼物。大姨嫁的男人是饮用水公司的继承人，母亲是德国人。在我家的亲戚里，

————————————

① 主人公"朋子"日语名字的罗马字拼法。

别说是和外国人沾亲带故，就连坐过飞机的人都没有。所以每当议论大姨的时候，必定会有人补上一句"她跟外国人结婚了"，就好像这属于大姨名字的一部分似的。

当时，我和父母住在冈山郊外的出租房里。在我家所有的家当中，这婴儿车大概是最昂贵的了。只要看在我家门前拍的照片，就会看出华丽的婴儿车和破旧的木制房屋极不协调。它几乎已经超出了狭窄的庭院，甚至比主角婴儿还要引人注目。据说每当妈妈推着车走在乡下的路上时，擦肩而过的人都会回头张望，熟悉的人还会走过来到处摸一摸，然后深深地感叹："这个婴儿车太漂亮了！"对里面的可爱的孩子却没有夸赞一句什么就走了。

遗憾的是，我已经不记得当时坐那个婴儿车是什么感觉了。当我懂事以后，就是说长大到不能再坐婴儿车的时候，它已经被摆放在杂物间的正中央了。尽管蕾丝花边有些泛黄，还残留着当年我吐的奶渍，但它依旧美丽如初。虽处于油汀炉和一卷卷门帘的包围之中，它仍旧一直散发着遥远的异国芬芳。

我喜欢嗅着这股香气，沉浸于对自己身世的幻想之中。也许我本来是某个遥远国家的公主，幼年时被某个背叛主人的用人拐走了，连同婴儿车一起被遗弃在了森林里。若将我枕垫上的"Tomoko"字样的刺绣拆掉的话，那下面一定残留着我的真名的针眼。也许是叫伊丽莎白，也许是叫安琪儿……我能够幻想出这样一个故事，要归功于这辆婴儿车。

在它之后，把我带向外面世界的交通工具就是爸爸的自行车了。这是一辆没有任何装饰、嘎吱嘎吱作响的乌黑自行车。和德国造的婴儿车比起来，只能说太普通了。爸爸每天早上把皮包系在自行车的后座上，骑车去单位上班。每到休息日，他就把我放在后座上，带着我骑车去公园。

我至今仍记得那辆自行车的触感，把我轻轻地抱起来的那厚实的手和后背上的烟味，以及车轮扬起来的风。

"抓紧喽，别松手哦!"

爸爸转过身，确认我抓住了他的毛衣后，便开始蹬自行车。一路上，不管是上陡坡还是急转弯，他都可以轻松地骑过去。我深信，只要抱紧爸爸的后背，他就能带我去世界上的任何地方。

尽管我一直乖乖地听爸爸的话，片刻也不曾松开他的毛衣，他却不告而别，独自一人去了远方。爸爸死于晚期胃癌。那是一九六六年，我刚上小学的时候。

一九七二年三月十五日，在小学毕业典礼当天，山阳新干线的新大阪至冈山线开通了。第二天，年仅十二岁的我在妈妈的目送下，独自一人从挂着各种祝贺条幅的冈山车站坐上了新干线。

新干线与我乘坐过的任何交通工具都不一样。它结实却很冷漠，充斥着各种噪音，就连应该牢牢抓住的合适的把手，我都没有找到。

直到我走上站台，妈妈都还在絮絮叨叨地反复提醒我"不要坐过站呀""不要弄丢车票""如果车票丢了，一定要求助乘务员"等等。当我一登上列车，妈妈却失声痛哭起来，比爸爸去世时哭得更厉害，眼泪从快要脱落的假睫毛上断了线似的滴落下来。

自打爸爸去世以后，妈妈一边在缝纫厂上班，一边揽些西服裁剪的活儿在家里做，维持生计。但是，在我即将上中学之前，妈妈似乎开始从长远角度出发，重新规划人生了。为了提高裁缝手艺，找个更加稳定的工作，她决定到东京的缝纫专门学校学习一年。我和妈妈商量后决定，妈妈住学校宿舍，我则暂时寄居在芦屋的姨妈家。因为以我们的经济条件，在都市里租不起公寓，所以只好承蒙姨妈的美意了。

但是我并没有妈妈担心的那样感到不安。因为这位姨妈，就是送我那辆婴儿车的人。

那时候，姨夫已经继任饮用水公司的总经理了。他们有两个孩子，表哥十八岁，表妹是个比我小一岁的小学生。表哥刚刚去瑞士的学校留学，现在没有和家人住在一起。此外还有一个人，就是前面提到的那位德国奶奶也住在一起。就是说，姨夫有一半、表兄妹们有四分之一的西欧血统。

虽然我从未见过他们，但由于姨妈家是我家亲戚中最受人瞩目的一家，因此，我对他们总是抱有亲近感，自认为连他们家的琐碎小事也无所不知。既然他们送给我那么漂亮的婴儿车，所以毫无理由地深信：即使没有妈妈的陪伴，新的生活也一定会很顺利。

"该走啦。"

尽管还没到发车时间，妈妈就催我赶紧去自己的座位坐好。我在座席上刚坐下，就看见妈妈在车窗外向我比画着最后的叮嘱"行李要放到行李架上""热了就把开襟毛衣脱了""最后再检查一下车票"……新干线列车慢慢开动了，只见窗外的妈妈一只手抹眼泪，另一只手不停地向我挥动。

　　一到达神户车站，我就确信自己的预想没有错。尽管没有任何标志，我却一眼认出了那个人就是我的姨夫。他穿着笔挺的灰色西装，系着高级领带，悠然地交叉着双腿，靠着汽车的发动机盖。他一头柔软的栗色鬈发，在人群中个子最高，深陷的眼眸中春光闪烁。看到我后，他单手上扬，"嗨"了一声，露出了亲切无比的笑颜。

　　这么一位美男子，只对着我一个人微笑，太难以置信了。我紧张地鞠了个躬。

　　"欢迎你呀。坐新干线旅行的感觉怎么样？"

　　姨夫弯下腰来看着我问道，然后像对待贵族小姐似的从我手中接过旅行包，打开车门，说道："请吧，小姐。"他那低沉悠扬的声音，潇洒的动作，和头发一样颜色的清澈的栗色眼睛，所有这些都让我的心扑通扑通乱跳。

　　"谢谢。"我好容易才说出了这句话。

　　坐在后座正中央，我才发觉这是一辆非常气派的车。车内空间大得可以当作学习室，还有一种说不出来的香味。皮座椅擦得发亮，不光驾驶座周围，连车窗下面也有不少按钮，这些按钮都是通过精心设计合理配置的。汽车已经发动了，声音小得根本听不到，开起来却马力十足。这是一辆非常适合姨夫驾驶的车。很久之后，我才知道那就是叫作奔驰的名牌轿车。

姨夫为了缓解紧张的气氛，问起了我的家乡冈山的情况，还给我介绍了即将入学的中学。而我只顾盯着姨夫的侧脸看，所以回答得很简短。虽然姨夫只是轻轻触碰它们一下，但无论是离合器还是空调按钮，都变得那样富有魅力。和哭泣的母亲分别的那一幕，仿佛已经是很久以前的事了。

行驶了大约三十分钟后，轿车从国道往左转，沿着河边的路朝山里开去。六甲山的连绵山脉仿佛近在眼前。穿过电车高架桥，过了桥不久，就开始爬坡，路也变得狭窄起来。四周绿意盎然，能听见鸟儿啼鸣。道路两旁都是蜿蜒向前伸展的石墙，透过树木枝叶的缝隙，可以窥见路边住家的屋顶。遇到连错车都很勉强的狭窄陡坡，姨夫也能很轻松地开上去。不多久，轿车滑进了敞开的大门中，绕斜坡半周后，停在大门前面。

"咱们到家了，小姐。"

姨夫说着打开车门，拉住我的手，扶我下车。

"这是家吗？"

我提高了声音。

"这真的是家吗？"

二

从一九七二年到一九七三年，在那个芦屋家中度过的大约一年多的时间，是我难以忘怀的。投射在拱形玄关门廊上的剪影，和山野的翠绿融为一体的奶油色外墙，露台栏杆的葡萄花纹，带有装饰玻璃窗的两座塔，这些外观自不必说，从总共十七个房间各自不同的气味和光照，到冰凉的门把手，所有这些景色都深深地刻印在我心里。

三十多年过去了，如今这个家已不见当年的踪影。玄关旁边曾经守护这个家族般枝繁叶茂的两棵铁树，已经枯死而被拔掉了。院子南边的水池也被填埋了。早就转手他人的这片土地已被分割，建成了单调的公寓和化学公司的单身宿舍，居住着陌生的人们。

不过，正是因为当时的家不复存在了，我的回忆已经不会被任何的东西损伤。在我的心中，姨夫的家仍然在那里，家人们——无论是死去的还是年老的，都一如当年地生活着。每当回忆起他们时，便感到他们的声音愈加变得活生生的，笑容无比温暖。

罗莎奶奶依旧坐在她那从德国带来的陪嫁梳妆台前，仔细地擦着美容面霜。姨妈在吸烟室中专注于挑错字。姨夫即便在家里也穿着无可挑剔的衣着，不停地开着玩笑。家里的帮佣米田阿婆和小林阿伯，在各自的岗位上勤快地干着活。宠物妞儿在院子里玩耍。而我的表妹米娜在读书。只要她一走动，别人立刻会知道，因为总是装在她口袋里的火柴盒会发出窸窸窣窣的声响。这火柴盒是她最宝贝的收藏，也是她的护身符。

我小心翼翼地在他们中间轻轻游走，以免打扰到他们。然而必定有人注意到我，仿佛三十年的岁月不曾流逝一般若无其事地跟我说话："哟，朋子你在那儿呀。""是啊。"我这样回答记忆中的人们。

房屋坐落在阪急线芦屋川站的西北方向，沿着芦屋川的支流高座川登上海拔 200 米左右的山上。建起这座房屋的是姨夫的父亲。姨夫的父亲是饮用水公司的第二代总经理，二十多岁时去柏林大学留学，学习药学。在那里爱上了罗莎，结了婚。回国之后，因销售具有健胃作用的含镭清凉饮料"Fressy"，扩大了公司规模。随着阪急线开通，开始在芦屋修建住宅，并在山脚下买进了 1500 坪①土地，修建起了西班牙式的洋房。这是一九二七年，也就是昭和二年的事。

洋房的门廊和露台大多以拱形为主，建在东南角的半圆形阳光房，以及橘红色的砖瓦屋顶等等都采用了西班牙特色的建筑风格，与其说豪华，不如说明快而柔和。就连各个角落的装饰品也都是精心挑选的，整体看来与房屋风格十分协调，优雅别致。虽然房屋外观是西班牙式的，但家具、餐具、纺织品等等都是清一色的德国货，这是为了不让罗莎感受到思乡之苦。为了得到最大程度的光照，南侧的院子缓缓地向大海方向倾斜着，视野非常开阔。北侧的马路上来往车辆极少，周围环绕着常绿树，远离了城市的喧嚣。

---

① 1 坪约为 3. 306 平方米。

　　由于季风被连绵的六甲山屏蔽，这里的冬天也很温暖。夏天从海边吹来令人惬意的阵阵凉风，气候宜人。不知是不是拜其所赐，搬来芦屋没多久，姨夫的父母竟然在结婚十二年后生下了第一个孩子，那就是我的姨夫。

　　姨夫的人生大致沿袭他父亲的轨迹。去德国留学，在改良主打产品清凉饮料的同时，还采用了更简洁的包装，进一步提高了销售额。只有一点父子是不同的，那就是姨夫并没有在德国留学期间爱上女人。姨夫和在工厂的开发部门做研究助理，每天洗烧杯，品尝新产品的姨妈结了婚。

　　从一开始就在绿色区域芦屋的家里开始了新婚生活的年轻夫妇，没有必要等上十二年才有孩子。非但如此，婚礼七个月之后，男孩子龙一就降生了。

　　就像是与过于匆忙的第一胎找平衡似的，第二个孩子的诞生相隔了七年的岁月。米娜——给予我很多，却从不要求什么，因身体柔弱而不能出远门，但她的心一直在天涯海角旅行——这个 家人最可爱的小女儿，出生在一九六○年的冬天。

　　姨夫带着我走进玄关时，所有的人为了迎接我，都已经齐聚在大厅里。他们比我还要紧张。罗莎奶奶拄着拐杖走近我，露出生硬的微笑。姨妈找不到合适的话对初次见面的外甥女说，有些尴尬。米娜的目光里含有想要看透新来者的严肃。

除了家人，还有两个老人，我猜不出是谁。很快，我便知道了较为年轻的那位老年男人是不住在这里的园艺师小林阿伯，另一位比他岁数大的老年女性是住在家里的帮佣米田阿婆。照料树木的是小林阿伯，做饭的是米田阿婆，所以，我立刻记住了他们的名字。

"好了，你先拿着行李去二楼吧。上楼后，对面拐角第二间屋子是你的房间。从冈山寄来的纸箱子已经放在房间里了，没有开封。不要着急，回头按照自己的喜好，慢慢整理好了。米娜，你领着她熟悉一下家里。比如厕所在哪儿，怎么开热水什么的，应该有很多要知道的吧。到了三点钟，要吃茶点。所以请下楼来客厅。今天特别烤制了水果蛋糕。"

第一个开口说话，干脆利落地发布指令的是米田阿婆。其间，姨夫一直温柔地笑着，就像在新神户车站见面时那样。大家按照米田阿婆的指示，从大厅解散了。

我对他们的第一印象是，这是多么丰富多彩的一家人啊。就拿头发的颜色来说吧，就有白发（罗莎奶奶和米田阿婆）、黑白混杂（小林阿伯）、明亮的栗色（姨夫）、深栗色（米娜）、黑色（姨妈）好几种。不仅如此，他们的名字是洋人名和汉字随意混搭（姨夫的正式名字是埃里希·健，米娜的本名是美奈子）。而且口音也各不相同，米田阿婆、小林阿伯、米娜说的是纯粹的关西话，姨夫姨妈的普通话里关西腔占了百分之四十，至于罗莎奶奶，说的是费了老大劲学会的独特的日语。

但是，这事不会成为负面因素。虽然比起我家这种只有母女二人的小家庭来，多少有些奇妙的气氛，不过正因为这样，即使像我这样的小人物闯进来，也能确保一个属于自己的场所。

米娜遵照米田阿婆的吩咐，带着我把家里所有的地方转了个遍。要打开的门太多了，每打开一扇门，充满魅力的陈设便展现在我眼前。有装着看上一眼都会晕眩的枝形吊灯和黑色大理石壁炉的客厅，有从彩色玻璃窗里射进一缕阳光的安静的书房。客房里有只是在绘本上看到过的挂着床幔的床铺。从一下车就袭上我心头的兴奋，越来越高涨了。

然而米娜既不被我的兴奋所干扰，也不扬扬自得地继续介绍着。

"这里是妈妈瞒着奶奶偷偷喝酒的地方。所以地毯上净是烧焦的地方。""怎么会选择这么难看的窗帘，我也搞不明白。""这是米田阿婆做家务活的房间。只有那儿的壁纸不一样，是因为有一次，米田阿婆歇斯底里发作时，把熨斗扔到墙上留下的。"

她自始至终都是这个语气。但是我对这座城堡一般的房子着了迷，迫切期待着米田阿婆说的三点钟的水果蛋糕，所以没空在意米娜的态度。

为我准备的是去瑞士留学的龙一住过的房间。米娜的房间就在隔壁，从光照很好的朝南窗户可以眺望整个庭院，还带着露台。由于是男孩子曾经使用过的，整体的色调稍稍缺少点浪漫，而且床铺也没有挂着床幔，不过这也没什么可抱怨的。

米娜和我来到了露台上，眺望庭院。将把手转个直角推开的窗户式样也很新鲜。这时，我才第一次看全了庭院。在仿佛连接着大海般开阔的庭院前方，有树丛和水池。在那树丛中，好像有什么东西动了一下。那是只能用"什么东西"来形容的一团儿黑色。

"刚才，那里好像有什么东西在动吧？"

我指着那里问道。

"啊，它是妞儿。"

米娜的语调柔和起来。

"是河马妞儿。"

于是，我知道了这个家里还住着一个很重要的成员。

三

"咦，……为什么会有河马……"

我觉得这么问是很自然的，但米娜却以怎么会问这么显而易见的问题似的口吻回答了我。

"是我家里养的。"

"养河马吗?"

"嗯，是的。"

"在家里?"

"嗯。"

对枝形吊灯和挂着床幔的公主床并不感到自豪的米娜，第一次露出了得意的表情。

"最早是爷爷在爸爸十岁生日的时候送给他的礼物。"

"别怪我刨根问底，送的礼物是这只河马吗？"

"准确地说，是侏儒河马。偶蹄目河马科倭河马属。比普通的河马小得多，特别可爱，是爷爷从西非的利比里亚买回来的。那个时候，日本的动物园里还一头也没有呢，据说它的价钱是轿车的十倍。"

"是因为姨夫说想要河马吗？"

"不知道，我想只是因为爷爷太宠孩子了。"

米娜把胳膊肘放在露台的栏杆上，一直注视着草丛。妞儿仍然是黑黑的一团。

也许是因为体内流淌着罗莎奶奶的血，或是患有哮喘病的缘故吧，米娜的皮肤像薄纸般白皙，仿佛透过皮肤能看到血液在血管里流动的样子。米娜是每个女孩都渴望成为的美少女。只是对于一个即将成为六年级的学生来说，个头还是有些矮小，胸部也没鼓起来，看上去就像个二年级学生。她的手指也好，脚脖子也好，都细得让人不由自主地想一把握住。

米娜的身上最引人注目的还是她的头发，从发根就特别蓬松柔软的鬈发长长地覆盖了半个后背。在阳光下，那头棕发更显得柔软飘逸，有一点微风便轻轻摇曳。

"喜欢妞儿的不止爸爸一个人。学校的同学们，还有附近的邻居们都觉得很稀奇，大家都想来看看妞儿。所以爷爷更来劲了，又买来孔雀、台湾猕猴、山羊、大蜥蜴，把院子弄成了个周末开门的 Fressy 动物园呢。当然，最有人气的还是妞儿。"

"动物园？"

她说的每件事，都让我惊讶。

"但是，不久就爆发了战争，动物园好像就开了两年左右。我出生的时候，爷爷已经去世了，动物园里的动物也只剩下妞儿还活着了。"

我想象着当年 Fressy 动物园的样子。这并不难想象。因为这里不仅有足够的空间，还有水池、假山、树荫和动物们喜欢的场所。无论孩子们怎样玩闹，台湾猕猴怎么尖叫，想必这喧闹声都会被山里的树木吸收的。

今后我要住下的这个家曾经是个动物园，这是多么幸运的际遇啊！那一定是个和平而愉快的动物园。虽然我从出生以来，还一次都没有去过被称作动物园的地方呢。

我立刻和米娜一起去看妞儿了。

"没事吗？它不会突然冲撞我们吧？"

我躲在米娜身后，提心吊胆地走近它。那里既没有笼子，也没有栅栏。只见那个黑团儿越来越近了。

"怎么会干那样的坏事呢，妞儿可乖着呢！是吧，妞儿。"

米娜像是在哄小猫似的跟妞儿说话，朝黑团儿伸出双手抚摸它，近得快要贴到它的脸上了。好容易我才发现，她抚摸的地方是妞儿的屁股。因为我看到随着米娜的手的移动，它在摆动尾巴。它的尾巴就好像把黏土搓成粗条，嵌在臀部那条缝隙上一个样。

"朋子，你也过来摸它一下。"米娜说。

"啊？"我后退了一步。

妞儿的前半身依旧钻在草丛中，除了尾巴之外一动不动的。它是在睡觉吗？还是在等我抚摸呢？或者只是害羞呢？我判断不出来，但它的确不像是那么粗暴的家伙，圆滚滚的屁股也很可爱，别别扭扭错开着的两条后腿短得令人怀疑能不能支撑它的身体，显得傻乎乎的。

"喂，早上好。"

米娜向它招手。我劝自己说，为了今后与米娜好好相处，此时决不能胆怯。于是鼓起勇气，用中指戳了一下它的尾巴根儿，然后顺着圆乎乎的臀部滑动指尖。

它的皮肤摸起来没有我想象的那么粗糙，尽管皮肤表面是一层细小的鼓包和褶皱，但感觉很光滑。好像冒出了一些汗液样的黏液，湿润而温暖。对我的问候，妞儿也摇着尾巴给予回应。

"怎么样，一点也不可怕吧?"

米娜侧过头瞅着我的脸，不断地追问我的感想。

"你不觉得这么聪明的河马，再也找不到第二只了?"

"嗯，没错。乖乖，乖乖。"

虽然我不知道其他河马是什么样子，但是我同意米娜的说法，又一次仔细地抚摸起了妞儿的屁股。

突然，毫无征兆地从妞儿的尾巴根儿附近喷出了什么东西。由于妞儿越发有力地甩起了尾巴，这些东西四处飞溅。我惊叫着急忙躲开，结果摔倒在地。

"哎呀，妞儿真是的。对初次见面的客人这样打招呼，多不礼貌啊。"

米娜咯咯地大笑起来。在我慌忙查看手上和衣服上有没有溅到"什么东西"手足无措时，她却一点儿也不在意。不但不躲开，还踩着掉在地上的"什么东西"，走近了妞儿。

就在这时，树丛沙沙地响了起来，妞儿终于露出了它的全身。"它会不会朝我冲过来?"我绷紧了神经。但妞儿只是倒退了两三步,把脑袋从树丛里抽出来而已,没有躺下,也没有进池塘,又不动了。看来它毕竟是腿太短,动作快不了。

正如米娜所说,这头河马和普通河马迥然不同。首先,它没有那样庞大得令人吃惊,从脑袋到尾巴的长度大约是一个成年男人的身高,高度也只到我的腰部。看似黝黑的皮肤,随着光照的角度,有的地方看起来是绿色的,从脖子下面到肚子是深肉色。

最不像普通河马的就是它的长相了。它有着一张毫不粗俗的线条清晰的脸。鼻孔和嘴巴都不算大,尤其是眼睛和耳朵,只是摆样子似的长在脑袋上。也可以说,它的尾巴、脚和脸只不过是添头,这个圆嘟嘟的身子几乎就等于是它的存在了。

"你看,妞儿。她是表姐朋子,从今天开始跟咱们一起生活哦。快跟她打个招呼吧。"

米娜把它嘴巴周围沾的枯叶扒拉掉,把拇指伸进它的耳朵里一边挠着一边说道。妞儿只是懒懒地抬了抬眼睛,鼓起了鼻孔,这就是它的问候。

我和米娜坐在池塘边的草坪上。池塘的边沿由花岗岩砌成，水深和大小足可以供妞儿在里面悠然自在地游泳。虽然池水有些混浊，但仔细看的话，还是可以看到水底摇晃的水草。从树丛那边的一间小屋里，传来过滤器运转的声音。

看样子对于米娜来说，妞儿无疑是最重要的。所以，我一味地问她有关妞儿的问题。喂它什么？（草食动物食用的固体饲料2千克，压缩干草7千克，一点儿干果和水果）体重是多少？（160千克）几岁了？（估计有35岁）在哪里睡？（假山里自己刨的窝）叫声是什么样的？（羞答答的嘶哑声）擅长什么？（装作听不见）……

米娜好像非常喜欢给别人介绍妞儿。为了让米娜高兴，我绞尽脑汁地问她关于妞儿的问题。不知道自己成为谈论对象的妞儿，只是保持着同样的姿势，呆呆地不知看着哪里。

"小姐们，三点了，该吃点心了！"从露台传来了姨夫喊我们的声音。

对了，今天要吃水果蛋糕。是上面放着水果的蛋糕呢，还是裹着拔丝水果的蛋糕呢？我把可能沾上了妞儿便便的手掌在草地上蹭了蹭，掸了掸裙子，然后和米娜一起向露台跑去。

四

在妞儿之后让我很吃惊的事情是，掌握着这个家实权的既不是罗莎奶奶，也不是姨妈，而是米田阿婆。

据说从罗莎奶奶嫁到日本来的一九一六年，也就是大正五年开始，便是米田阿婆一手操持这个家的。到现在整整五十六年了。这是十二岁的我无法想象的漫长岁月。

看米田阿婆干活时的样子，可以感受到她身上充满着关于这个家的大事小事谁都没有我了解的自信。她对一家大小都敢提意见，有时严厉地训斥，有时不以为然地讽刺几句。然而，她并没有因此和大家关系不好，大家都很尊敬米田阿婆。每当家里发生什么争执的时候，最终都会以米田阿婆的意见为准。"米田阿婆这么说了，没办法啦。"到此为止，事情就解决了。

米田阿婆和罗莎奶奶同岁，都是八十三岁，然而她们的性格、兴趣以及外表都正好相反。罗莎奶奶身材矮小，有些肥胖，背也驼了，膝盖也因为关节炎变形了。相反，米田阿婆则是如仙鹤般身上没有一块多余的脂肪，一天到晚在家里里外外忙碌着。给我的感觉，一位是与年龄相符的老人，另一位却是和年龄逆行的不服输的老人。

但是罗莎奶奶和米田阿婆两个人特别要好。她们俩的房间挨着，都在一层西边。即便不出房间，也能通过房间里的门相互走动。在饭桌上，她们也是挨着坐。两个人常常脸凑脸地说悄悄话，罗莎奶奶如果没有米田阿婆陪着，绝对不出门。做晚饭的时候，罗莎奶奶为了不给忙活着的米田阿婆添乱，就坐在厨房的一角，抠抠土豆芽，剥剥大蒜，尽可能帮着打打下手。直到现在，罗莎奶奶帮忙的样子依然历历在目。

我猜想，罗莎奶奶一个人来到语言不通也没有朋友在的日本，像亲人一样鼓励她的只有米田阿婆吧。对于罗莎奶奶来说，米田阿婆既是她的姐姐、老师，也是她的挚友。

在这个家里，说话最少的就数姨妈和小林阿伯了。小林阿伯虽说是园丁，其实主要工作是照顾妞儿。妞儿是小林阿伯从曾经是 Fressy 动物园饲养员的父亲手里继承过来的。小林阿伯每天就默默地给妞儿喂食，收拾粪便，还拿长柄刷子给它刷洗身体，他俩是一对息息相通的组合。他做个姿势，它摇摇尾巴；他做个手势，它开合鼻孔。无须多言，已然心意相通。

与小林阿伯相比，姨妈的沉静更是深不见底了。比起自己说话来，她更喜欢倾听大家说话。不得不说的时候，她总是会先沉默好一会儿才开始说，就像在思考怎样才能用最简短的语言来表达，或者是在等别人来替她说似的。

但是，这绝对不是因为姨妈不高兴。她总是在用心倾听，不放过任何人发出的轻声细语。

而且我知道，姨夫讲笑话时，笑得最开心的就是姨妈了。她发出宛如叹息的细微声音，放松嘴唇，垂下眼眉，害羞地笑着。

没错，姨夫是个善于逗人开心的达人。大家都喜欢他，就连米田阿婆都对"健少爷"很宽容。所有的人都爱听他讲话，并且想把自己的故事讲给他听。在场有谁感到无聊或者没精神时，姨夫都能立刻察觉到，并且找到最适合那个人的话题。用幽默将失败包裹起来变成笑话，给很小的喜悦稍稍添加虚构的情节放大成很多倍的喜悦，他拥有这样的特技。大家觉得只要和姨夫说话，就能够感到自己受到特别的尊重。

来芦屋后的第三天是个星期六，我和姨夫一起去西宫市里的洋货店定做上中学的制服。一开始我觉得不可思议，明明上的是芦屋市立 Y 高中，姨夫却要带我去那么远的店。其实西宫市比我想象的要近多了。开车沿着芦屋川边的路一直南下，然后开上高速公路下面的国道后不到五分钟，就进入了西宫市内。我不免有些失望，本想更多地享受一下和姨夫两个人兜风的乐趣呢。

从山路下来后，街道的风景突然间变得开阔起来，即使在车内也可以感受到大海的气息。姨夫一边开车一边不时用右手在空中画着地图，向我描述芦屋市南北走向的细长地形，以及阪急、国铁、阪神几条线路的电车从北往南平行行驶的情况。洋货店就在阪神线西宫站中央商业街里面。

"请为我可爱的小公主挑选几套可爱的制服吧。"

姨夫把手搭在我的肩头，对店员说道。

"好的，好的，知道了。请放心吧。"

店员虽然是个已过中年的女人，但可以看出，姨夫帅气的容貌和举止使她迷醉。

她肯定认为我是姨夫的亲生女儿吧。能和如此英俊的父亲一起去买东西，作为女儿该是多么幸福啊！如果自己的丈夫也这么帅气，该有多好啊！她肯定是这样羡慕我的。我心里扬扬自得。

那家店好像是专门定做校服的，店里挂着好几件带有甲南女子中学、凤川学院、仁川学院等学校校徽的漂亮校服。可是，我要做的 Y 中学的校服是那种很呆板的式样，吊带裙搭配同样布料的背心再加上土里土气的西服。看着试衣镜里的我，简直就像一个从冈山来的乡巴佬。

要是妈妈的话，比起样式更注重实用，她大概会选一件肥大的、三年都不用再买的那种校服吧。但姨夫不是这样。他要求店员一定要合身，要缩短袖长和裙长，把背心的腋下再缝进去一些。拿着绷针的店员问："这样可以吗？"姨夫退后两三步仔细观察我，然后给出这儿长一点那儿短一点的准确判断。

经过这样一番裁剪后，姨夫捏着下巴，最后看了看还有什么不合适的地方，然后说道：

"嗯，这回非常合适了。"

姨夫这样一说，那套制服就变成了在冈山看不到的、有着很好品味的都市风校服了。

我们在回家的路上，顺路去了一家西点店。在离阪神线芦屋车站很近的地方，一家名字叫作"A"的西点店。春天的阳光从面向大路的朝南大玻璃窗射进来。在阳光的照耀下，橱窗里摆放的各种蛋糕都闪耀着宝石般的光芒。无论是奶油、草莓、蛋糕，还是餐巾纸、丝带，就连收银员都在闪闪发光。

"你爱吃什么就点吧。"

姨夫把长腿交叉在桌子下面，一边说道。

"红茶吧……"

我不敢直视坐在眼前的姨夫，低着头回答。

"只喝红茶吗？"

姨夫露出非常失望的表情。

"你不喜欢吃甜点吗？这家的蛋糕在芦屋可是最美味的。"

"怎么会不喜欢吃。"我慌忙摇头，表达自己不想让姨夫失望的意思，"只是觉得对不起米娜。"

"这样啊，这个完全不用担心，给米娜买点玛德琳蛋糕①带回去好了。米娜和米田阿婆都很喜欢吃这儿的玛德琳蛋糕呢!"

姨夫用他深邃的栗色眼眸直直地看着我说：

"我给你推荐苏塞特可丽饼②。"

我虽然根本不知道那是什么点心，但立刻同意了。

"好的，就这样吧。就要这个吧。"

苏塞特可丽饼放在小推车里被推了过来。三块像手绢一样的薄薄的饼被叠成扇形叠放在盘子中央，看上去比预想的还要朴实无华。男服务生欠身行了个礼，然后捧起了一只银壶。我屏住呼吸，静静等待着下面会发生什么。服务生恭恭敬敬地将某种液体从壶中缓缓倒在"手绢"上，倒空后，他从口袋中拿出火柴，在盘子上点着了火。

一瞬间，燃起了蓝色的火苗。那火苗微弱得貌似会在眨眼之间消失，然而却散发出蓝色清澄的光，一直在我和姨夫中间摇曳不停。

---

① 玛德琳蛋糕 (Madeleines)，一种法国小甜点，又叫贝壳蛋糕。

② 苏塞特可丽饼 (Crêpe Suzette)，一道法国甜点，由可丽饼配上苏塞特黄油 (一种以焦糖和黄油为主料的调味配料)、橘子汁或橙汁、柑橘皮和香橙利口酒或库拉索酒做成。通常在上桌时会用火点燃。

五

请我吃了苏塞特可丽饼的第二天开始，姨夫就没有再回家来。最初的一两天，我以为他出差了，没有当回事。因为姨夫是总经理，工作忙也是理所当然。可是，第四天第五天还是没有回来的迹象，我渐渐感到不安了。

制作 Fressy 饮料的清凉饮料工厂位于大阪市南部的海边，姨夫每天自己开车去公司。我早晨一醒来就先去车库看看，却没有看到奔驰，里面空荡荡的。

虽然只少了姨夫一个人，家里的空气就变得有些沉闷了。笑声没有了，代之以罗莎奶奶诉说关节痛的叹息以及米田阿婆训斥米娜和我不守规矩的唠叨。以前，吃完晚饭，为了尽可能和姨夫多待一会儿，大家都会留在起居室里。现在，一说完"我吃好了"，就纷纷回自己的地盘去了。就是说，罗莎奶奶回自己的屋子，米田阿婆去厨房，米娜抱着书去阳光房的躺椅上。

就连妞儿都似乎变得无精打采的。夜行性的妞儿天一黑就在池边吃小林阿伯准备的食物。即便考虑到它原本就是慢吞吞的动物，可看它吃东西的样子也太费劲了。

而且，姨妈的话越来越少了。她的嘴唇不是叼着烟就是因为喝威士忌而湿润着。

每个人都装作没有意识到饭桌上出现的这个空白，仿佛从一开始就没有人坐在那里似的。米田阿婆绝对不在姨夫的座位前面摆菜，也不留出菜来。

"姨夫去哪儿了……"

我终于忍不住这样问道。刚问完，立刻意识到是不该问的问题。沉默在流逝，大家一齐停下了筷子。米娜把汉堡包塞进嘴里，米田阿婆加了一碗饭，姨妈仍然沉默不语。

"姨夫什么时候回来，他自己也不知道。"

直到吃完饭后，罗莎奶奶终于回答了我，我差不多已经忘了这是针对什么问题的回答。

那天晚上，米娜的哮喘发作了。最初我醒来时，并没有意识到隔着墙壁听到的声音是米娜在咳嗽。就像老鼠在天花板里磨牙或是抓挠着地板似的，有些压抑的咳嗽声。那声音一点点膨胀，变得清晰而痛苦起来，然后我听到了走廊里的脚步声和大人们悄声说话声。

我很担心，走出屋一看，正好看到姨妈背着米娜走下楼梯。米田阿婆和罗莎奶奶扶着两边，正摩挲着米娜的后背。

"朋子，不用担心。你继续睡觉吧。没事的。"

罗莎奶奶发现我，回头对我说。

玄关大厅的毛玻璃被车灯照亮，传来了停车的声音。只是在睡衣外面套了件夹克的小林阿伯来了。小林阿伯尽可能小心地轻轻抱起米娜，不让她感到痛苦，送到了小卡车上。姨妈把保险证①和钱包装进手包里，对米田阿婆耳语了几句。其间，罗莎奶奶把自己披着的披肩披在了姨妈肩上。

每个人都扮演着自己的角色。看得出这并不是第一次

_____

① 日本证明社会保险投保人资格的材料，特指健康保险证。

发作，这几个人经历过了多次相似的状况。他们毫不慌乱，只用一个眼神，彼此就可以明白下一步要做什么，尽力使一切都顺利进行。尽管如此，每个人也以各自的方式表现出了对米娜的病情有多么担心。没有能够为她做任何事的人只有我一个。

米娜不停地咳嗽着。每当呼气的时候，肋骨就发出哀叫般的声音，连我都感觉要窒息了。在小林阿伯的怀抱里，她显得更瘦小了。

我和罗莎奶奶、米田阿婆并排站在玄关拱门下面，目送小卡车逐渐消失在黑暗中。米娜的咳嗽声也随之远去，逐渐听不到了。虽说已到三月末了，半夜时分的空气还是很冷，我们不知不觉挽起了手臂，身体紧贴着身体。米田阿婆的手净是骨节，硬邦邦；罗莎奶奶下垂的胸脯很柔软。照亮周围的，只有拱门的灯光和挂在塔尖上的月亮。

"好了，回床上去睡觉吧。"

米田阿婆说话这样温柔，我还是第一次听到。

可是，再次入睡很难。因为米娜他们随时可能回来，天花板上垂下来的大吊灯一直开着，灯光从门缝里漏进来。

两位老人好像回自己房间了，楼下没有一点动静。我翻来覆去睡不着，再次从床上爬起来，光着脚在二楼上漫无目的地走起来。铺着地板的地面，无论怎样小心，都会发出唧唧咕咕般的声音。从天窗和楼梯拐角的圆窗射进来的月光，照得满地都是一道道朦胧的光影。米娜的房门和姨妈的卧室门，以及所有的门都紧闭着。

我走到最西边的客厅专用盥洗室时，发现里面还有一个小门。这是连米娜都没有带我来过的地方。我拧开把手一看，里面不是房间，是一个落满尘土的狭窄笔直的楼梯。我爬上楼梯，上面是个用于储藏东西的阁楼。

所有的东西都随意堆放着，有各式各样的盒子、破损的家具、滑雪板、坏掉的家用电器、玩具、杂志捆等等。同样是储藏室，和冈山的家里不同，这里即便是破烂杂物，也洋溢着某种雅致的气氛。只有一点是相同的，最显眼的地方都放着一辆婴儿车。

从车轮的商标看出，这是和送给我的那辆同样的德国制婴儿车。但是很显然，这一辆是不能用婴儿车这类平庸的名称来称呼的、犹如珍宝盒般的小车。

我的婴儿车是棉布蕾丝衬里的，而这辆婴儿车从里到外全部被丝绸覆盖，大大的波浪褶皱，而且装饰着两层三层的荷叶边和缎带。羽绒垫子上，仿佛高声讴歌这个婴儿是 Fressy 动物园的孩子一般，绣着可爱的猴子、山羊、孔雀和河马妞儿。金属物件不是黄铜的，包括吊着安抚奶嘴的钩子在内全部是金色的，即便在月光下依然熠熠生辉。

在婴儿车的推手根部，靠近婴儿的耳边，有一个上弦的小木盒。我转动了一下发条。舒伯特摇篮曲的一个个音节仿佛渗透黑夜一般，缓缓流淌出来，在第三小节中途戛然而止。

这时，我的眼泪突然扑簌簌滚落下来。连自己都没有做好思想准备，不禁有些慌乱。赶忙用睡衣袖子擦了眼泪，但是泪水依然控制不住地涌出来。

我并非羡慕比自己的婴儿车豪华得多的米娜的婴儿车。我心里清楚，我的婴儿车已经足够漂亮了，即便是十八 K 金全丝绸覆盖带八音盒的婴儿车出现在眼前，也丝毫不会损伤我幼年时的回忆。

袭上我心头的反倒是愤怒。为什么在这么重要的时候，姨夫偏偏不在家呢？被装在宝盒里一般宝贝的女儿，因哮喘发作而痛苦万分时，最重要的父亲在干什么呢？米娜会平安无事吗？会不会喘不上气来？只要姨夫在家，就不用半夜三更把小林阿伯叫来了，就能够立刻开着自豪的奔驰把女儿送去医院了。这是比给我做校服更重要的事情。那个做制服的店主心里肯定觉得这对父女很奇怪，肯定看出了这样英俊的人不可能生出像我这样面孔平板的女儿的。就连送来苏塞特可丽饼的男服务生，虽然表面上恭恭敬敬的，内心还不知是怎么想的呢。

这种种事情令我悲伤不已。我跑下楼梯，飞快地钻进被子里。站在冈山站的新干线站上哭泣的妈妈的脸浮现在眼前，忍不住和妈妈一起哭起来。我特别渴望见到妈妈。

六

　　第二天早晨，和出去时候一样，小林阿伯抱着米娜回来了。米娜虽然不咳嗽了，但脸色苍白，软绵绵的。她被放在了床上，一直非常安静地睡到午后。大家都小心翼翼的，以免吵醒米娜。罗莎奶奶拄着拐杖走路时，还有米田阿婆晾晒衣物时，小林阿伯呼唤妞儿时，都尽量轻轻的。

　　姨妈坐在露台那张常坐的椅子上，长时间喝着一杯咖啡。她还披着罗莎奶奶的披肩，看着比米娜还要疲惫的样子。这是个没有太阳、凉风吹得植物发出哗啦啦声音的早晨，但姨妈一直坐在露台上。

　　"抱歉，昨天夜里很吵。没有睡好吧？"

看到我，姨妈说道。

"没有。米娜好点了没有……"

"没事了，她经常这样发病。"

姨妈弯下背，喝了一口咖啡。

"您在这儿会感冒的。"

"谢谢你。朋子很体贴啊。"

这时，我第一次感到姨妈的侧脸很像妈妈。

我一直和姨妈并排坐在露台上，直到她喝完咖啡。香烟的烟雾在我们之间缭绕，我们一起看着它逐渐消失不见。此时我才终于感觉到，渗透到内心深处的昨夜流出的眼泪一点点干了。

芦屋的家人们对于米娜的健康给予的关注超乎寻常。防止米娜发病，是全家最优先的事情。只要她轻轻咳嗽一声，大人们便一齐把外衣、围巾、手炉、漱口药递给她。咳嗽声就像切换藏在家里某处的开关的声音一般，以此为信号，全员进入战斗准备。就是这样的感觉。

和豪华的房子比起来，每天的餐桌非常简朴，在这里只有菜肴的营养受到重视。特别是对呼吸器官有好处的食品，如萝卜、蜂蜜、山药、枸杞子、鱼腥草以及其他不认识的香草、药草之类都是厨房里常备的。

还有，米田阿婆最在乎的就是食品的新鲜度。没有比快要腐烂的食物对身体有害的东西了，是她一贯的观点。变了色或受了潮的，以及开始呈现可疑形态的食品都被她毫不留情地处理掉。她那能窥见白色鼻毛的鼻孔，绝不放过任何其他人都感觉不到的细微的腐败气息。每当米田阿婆坐在冰箱跟前，一一去闻昨天的煮菜、喝剩下的牛奶瓶时，就是她表情最严肃的时候。

当然，急救箱里储备的药品相当齐全。其中不仅有医院开的治疗哮喘的药粉和液体吸入药剂，甚至还有浅田咽喉糖、龙角散、润喉片、明治优碘漱口水、救心牌强心药、正露丸、表飞鸣整肠药、太田胃散、无花果浣肠、葛根汤、今治水牙痛止痛水、卫材晕车药、通屋奇应丸、娥罗纳英H软膏、红药水、双氧水、鱼肝油，真是应有尽有。

但是，不管怎么说最受信赖的还是 Fressy 饮料。无论是头痛、胸闷时，还是忧郁时，都会喝 Fressy 饮料。只要喝了它就没问题了，不喝的话，病就好不了。他们对此深信不疑。"本品是以富含镭的六甲山泉水为原料制作的具有健胃功效的清凉饮料。"虽然公司打出这样的宣传口号，但说到底，果汁终究是果汁。清凉饮料比急救箱里任何药品都受重视，虽说我知道因为那是上一代总经理研制的招牌商品才享受这般待遇的，但即便如此，他们的信奉姿态仍是太过盲目。

厨房里有专用的冰箱，冷藏着好多每周固定一天从工厂直送来的刚刚做好的 Fressy 饮料。孩子们，即我和米娜是被禁止背着大人从厨房拿吃的，只有它除外。我们随时可以把它拿出来，用放在冰箱上面的起子（是送给整箱购买的顾客的那种，带有 Fressy 商标的星形起子）起开瓶盖儿，咕噜咕噜喝下去。

一想起在冈山，大人说会得虫牙，除了过生日之外都不让喝清凉饮料，我就觉得可以随意从这个专用冰箱里拿 Fressy 饮料喝，是仅次于在这个公馆里生活的第二大奢侈享受。

还有一个芦屋独特的健康理念可以说体现在"光照浴室"上。那是一间位于二层东头的铺着瓷砖地面、窗户很小的屋子，地面和天花板都画上了伊斯兰风格的几何图案。房间中央有两张铺着床单的床铺，角落里有煤油灯，天花板上只挂着两盏就像倒吊着的铜锅那样怪异的电灯样的东西。除此之外，什么也没有。好几条用胭脂色、深蓝色、深绿色等各种颜色的阻燃布缠绕的电线从天花板上垂下来，吊着铜锅。铜锅边缘安了八个灯泡，就像围了一圈花瓣一样，一摁开关，便放射出美丽的橘红色灯光，缓慢地水平旋转起来。

他们相信沐浴这种光线有益于健康。据说这是战前米娜的祖父从德国买来的，在当时是最尖端的健康器械。发病之后的米娜，为了调养身体，恢复活力，必定会去光照浴室。

大概是因为健康器械消耗电力，光照浴室的照明是煤油灯。米娜从裙子兜里拿出了火柴。没容我说一句"小孩子划火柴不好吧"，只见她那纤细的小手指优美地一翻，划着了火柴。紧接着，火苗被移到煤油灯芯那儿。磷燃烧的气味掠过鼻子，嗖的一声沉入了耳朵深处。从米娜指尖的火柴棍上冒出了一缕烟。

我动作生硬地上了床。

"一点也不难，只要睡觉就行了。为了让全身都照到，要多次翻身。只不过尽量不要看灯，以免眼睛疼。就跟观察日食一样。"

然后，米娜很熟练地打开铜锅旁边的开关，咯吱咯吱地给定时器上了弦。然后脱去衣服，只剩下吊带裙和裤衩躺倒在床上。现在，她已经比早晨精神多了。

"有效果吗？"

我半信半疑地问道。

"怎么说呢……"

米娜闭着眼睛冷淡地回答。

橘红色的光线密度很大，仿佛一碰它就会从指尖滴落下来般。昏暗的房间里立刻明亮起来，将天花板上的伊斯兰图案映在我们的白色长衬裙上。也许是生了锈，五金件发出嘎吱嘎吱的沉重声音，但灯泡仍旧在旋转。不久，我感觉腹部微微发起热来。

"发病时，是什么感觉？"

我觉得那样痛苦的米娜一个晚上就恢复了精神，很不可思议，就问道。

"就像被封住出口的琼脂那样的感觉。"

米娜闭着眼睛回答。

"想出出不去，想退无处可退，被封闭在狭小空间里，乱糟糟的简直要崩溃了。"

"哦。"我低声道。米娜的胸部比我预想的还平坦，从吊带裙上只能看出一点点乳头的所在，还一点也不鼓。伸出的两条腿只有膝盖很显眼，从吊带裙下面露出来新换的雪白裤衩，因过于肥大，松松垮垮地包裹着米娜的屁股。

"最害怕的是低气压。"

随着说话的频率，米娜平坦的胸脯上下起伏着。

"要是在天空比较低的地方出现生了气似的空气团，我就完蛋了。我通过支气管里纤毛的动静，都能大致知道现在气压是多少。"

"纤毛，是什么？"

"在支气管里长的毛。就像藻类一样摇曳着，负责把痰推出去。"

米娜已经能够用她那还没有充分发育的可爱嘴唇，详细讲述自己的支气管了。

"喘不上气来，不行了，刚这样一想，视野就变窄了，本来不应该在那里的东西也出现了。按说不应该在那里的东西，却有了颜色和形状，旋转着闪烁着。我目不转睛盯着看的时候，感觉自己来到一个很遥远的地方，焦虑不安。但渐渐意识到，现实正相反。这里并不遥远，是特别近的地方，就在自己的心中。"

这次米娜翻过身趴着，把下巴抵在重叠的两只手上。我也学着她变换成同样的姿势。伊斯兰图案开始在我们的后背上旋转了。

"很痛苦吧?"

"不觉得。到了那个时候就不觉得了,反而觉得就这样也挺好的。不过,肯定会被妈妈的呼唤声拉回来。突然一醒过来,我就拼命眨眼睛,也来不及了。离自己最近的地方,已经看不见了。"米娜告诉我。

七

"不行啊。"

我趴着抬起头，对米娜说道。

"不回来可不行啊。在姨妈喊你之前就赶紧回来，要是在那里磨磨蹭蹭的话，就真的回不来了。那时可是真的来不及了。"

米娜声音含糊地"嗯"了一声，将下颚下面的两只手交换了一下位置。

"可是，太美了，那里。"

这时听到了"啪"一声裤衩松紧带断了一样的声音，定时器到时间了，橘红色光照消失了。灯泡停止了旋转，铜锅因惯性作用还在微微颤动着，好像还闻到了一股焦煳味。不过这些在米娜看来都是正常现象，她并不在意，坐了起来，确认光照效果似的来回扭头，深呼吸。

我们穿着吊带裙在床上对面而坐，吃起了事先准备的零食。零食是奶松饼，饮料自然是 Fressy 饮料。对我来说，奶松饼早已是婴儿时代的点心了，但是在芦屋家里被看作是营养丰富、容易消化的非常好的健康食品。配着 Fressy 饮料一起吃松饼，可以提高光照浴的效果，这是芦屋家的常识。

但是更不可思议的是，它被叫作奶松饼这件事。在冈山没有人这样称呼它。它应该叫作蛋松饼的。可是，芦屋的人们，不只是米田阿婆或米娜，就连小林阿伯都毫不脸红地"奶松饼""奶松饼"地叫着。

这个叫法总是让我联想到乳房，尤其是奶头。它那肉色的微微焦煳的色泽，以及让人禁不住想在手心里把玩的圆乎乎的形状，都确实很像奶头。因此，听到这样不以为然的、大大咧咧的叫法，我就更觉得不好意思。

我们俩分吃了一个盘子里的奶松饼。米娜一粒一粒地捏起来送进噘起来的嘴里，发出嘎吱嘎吱的咀嚼声。她那因吊带裙过短而曝露到大腿的两条腿，还够不到地面，在空中晃荡着。

近距离接触米娜时，感觉她的可爱变得越加鲜明，仿佛在逼近我似的，以至于我都不敢凝视她。她的眼睛睁得大大的，从瞳孔深处某个点放射出光亮。鼻梁勾勒出一道清晰的线条，给面部增添了深邃的阴影。与纤细的身体相比显得丰满的脸颊上，没有一点瑕疵。额头蕴含着伶俐，嘴唇蕴含着纯真。我真想找个人问一问，怎样才能生出这样可爱的少女呢？

与她完美无缺的相貌不相称，米娜的身体太稚嫩了。大概是由于从小就经常哮喘病发作的缘故吧，脊背弯曲成便于咳嗽的形状，肋骨凹陷。即便是在不发病的平日，仔细听的话，也能听到从她的喉咙那儿发出朔风吹过般的声音，又像是喉咙因为支撑过于美丽的脸庞而感到苦恼不堪的声音。

"有姨夫那样的美男子爸爸，是什么样的感觉啊？"

我问她。姨妈、妈妈，还有我都属于普通的相貌，可见米娜遗传了父亲那边的基因。

"什么感觉嘛……"

我感到羡慕的，对于米娜而言都不是什么了不起的东西。

"要是我的话，会遇到人就炫耀的。"

"炫耀自己的爸爸，太不正常了。"

米娜举起瓶子，一口喝干了清凉饮料。每当她喝东西的时候，喉咙里刮风的声音就会停止。

"因为，自己无法选择爸爸呀，是出生的时候就决定了的。这不是和自己没有努力就不值得炫耀是一样的吗？要炫耀的话，只能是自己选择的男朋友了。"

我没有想到从她嘴里说出"男朋友"这样的词汇来，很吃惊。

"男朋友，你有吗？"

"没有。"

米娜干脆地摇了摇头。

我在盘子里滚着所剩无几的奶松饼玩，不知怎么突然觉得自己在吃米娜的奶头一样。她的奶头大概就是这种鸡蛋色，含在嘴里就会一下子融化般柔软吧。还看不出一点鼓胀的迹象，只是作为一个小装饰物，静静地躲在那里吧。我这样感觉。

当然，我也没有什么可自豪的。在六年级的班里，戴胸罩的只有极少数得天独厚的女孩子。不用说，我不过是大多数女孩子里的一个。妈妈在行李里给我放了一个参加中学开学典礼时戴的胸罩，但是看现在的情况，直到那天，我的胸脯也发育不到可以使用它的程度。

"啊，我想起了一件事，因为爸爸是美男子，让我特别高兴的事。"

米娜使劲晃荡着两条腿，说道。

"就是爸爸的鼻子高得让我总是想揪。爸爸的鼻子不是很高吗？所以揪着玩特别合适。"

她把最后一块奶松饼放进了嘴里。

由于光照浴的关系，不穿衣服身体仍然很温暖。眼睛深处被光线残影染红了，不管怎样眨眼睛，橘红色都不消失。

从那天以后，光照浴室就成了米娜和我最重要的房间。在那里的话，两个人不管待多久，大人们都很放心，不会管我们。米娜擦着火柴的瞬间，那里就变成了不被任何人打扰的只属于我们的世界。

我们把地球仪带进去，查找妞儿的故乡利比里亚（是位于非洲西部的小国，很像妞儿坐下时的形状），或两个人挑战烤面包将面团发酵（光照浴室的温度正合适，所以发酵得很成功），看米娜的相册，都是在光照浴室。

　　无论哪张照片，被姨夫抱着的米娜都不看相机，不是揪着姨夫的鼻子，就是把手指塞进姨夫的鼻孔里。米娜似乎搞不清那迷惑人的高耸的东西是什么，表情显得很好奇，而姨夫则露出非常爱婴儿的表情。

　　进入四月后不久，在我的中学开学典礼之前，米娜迎来了小学的开学典礼。米娜是六年级学生了。

　　早晨，米田阿婆给米娜梳了发辫，系上了深蓝色的天鹅绒绸带。由于今天只有开学典礼，不上课，米娜只拿着装有抹布和拖鞋的手提袋出了玄关。"再见。"我在门口送她时，发现了不知何时从院子绕过来的妞儿，站在玄关前停车的地方。小林阿伯也和它在一起。

　　妞儿的样子和平时完全不同。虽然困倦的眼睛和慢吞吞的动作依然如故，但脖子上套了个什么圈儿，背上安放了一个木头小座椅。而且为了固定小座椅，它那滚圆的躯干上被缠了两条皮带。小林阿伯手里拉着从项圈里延伸出来的编织绳，站在一旁。绳子头儿坠着缨子，项圈上系着和米娜配套的天鹅绒绸带。

　　尽管这样的装饰是否适合妞儿还是个疑问，但每一样东西都酿出略微陈旧但非常协调的感觉，分别与妞儿的脖颈、脊背、胴体融为一体。项圈恰好嵌入脖颈的三层褶皱里，座椅虽被牢牢固定着，但皮带系得丝毫不紧。毋宁说，妞儿的皮肤与皮带几乎是同色，和谐得难以分辨。

只有绸带，无论怎样偏袒，都很难说吻合它那滚圆的身体、超短的腿、傻乎乎的相貌。就好像是有人搞错了，不得已被系上了似的。

"那么，米娜小姐，咱们出发吧。"

小林阿伯把 Fressy 饮料的空箱子倒过来，以此为信号，妞儿低下头，弯曲前腿，跪了下来。米娜踩着空箱子，跨上了妞儿的背。

一连串动作非常流畅，两个人和妞儿之间的空气充满着信赖感。

"我们走了。"

在座椅上坐好后，米娜把手提袋放在膝盖上说。

"去吧。"

姨妈、罗莎奶奶和米田阿婆回答。

小林阿伯抓着绳子的缨子，米娜优雅地挺胸抬头，妞儿甩了两三圈尾巴之后，他们出发了。走过铁树前面，走下斜坡，走出了大门。

八

　　米娜每天骑着侏儒河马妞儿，去 Y 小学上学。

　　之所以没有去哥哥龙一上学的神户的私立小学，完全是由于米娜的健康原因。无论是校车还是奔驰，汽油味成为哮喘发病的要因。考虑到离家最近，米娜上学比较容易，而选择了 Y 小学。过了架在芦屋川上的开森桥后，走路二十分钟左右就能到学校。唯一一个问题是很陡的坡道。

　　上小学之前，姨夫和校长先生交涉后，允许米娜骑着妞儿上学。据说校长亲自乘坐妞儿试了试，看它是否真的是个不会袭击人的乖孩子。他们故意大声说话，或是给它看午餐的纺锤形面包，揪它的耳朵，妞儿都只是讨厌地哼哼一下，很老实。所以妞儿通过了考试。

姨夫经过反复试验，制作了可以使妞儿成为坐骑的器具。把儿童用的餐椅腿锯掉当作鞍子，把皮带做成项圈，把固定窗帘的圈套当作缰绳。姨夫成功地创作了一头世界上绝无仅有的载人侏儒河马。早晨，小林阿伯让米娜骑着妞儿，把她送去学校，放学后，牵着妞儿去校门口接她，这成了习惯。

放着家里那么棒的奔驰车不坐真可惜，但我立刻否定了这个想法。妞儿的价格抵得上十辆奔驰车呢，所以能够驾驭家里最高级的交通工具的人，只能是米娜。

米娜、小林阿伯和妞儿，他们的行进可谓威风八面。米娜坐得直直的，眼睛望着前方，小林阿伯紧紧地握着缨子缰绳，妞儿一步一步踩着坡道往前走。打扫自家房屋门前的人，赶往阪急线芦屋川站的人，去同一个小学上学的孩子们，所有的人看到他们都会停下脚步，让开道路。小林阿伯用目光回以谢礼，优雅地用缰绳调整行进的方向。

"啊，米娜小姐，去学校?"

有时候街坊四邻的阿姨会打招呼。于是，米娜从妞儿背上很有礼貌地回答"早上好"。

　　偶尔会遇到不了解情况的人投来无所顾忌的目光，但他们的行进丝毫不会受影响。米娜从不低头，妞儿也只是专注于完成自己的任务。

　　妞儿看似呆萌，其实非常有眼力见儿。为了不让身体后仰，它总是垂着头；只要米娜有什么动静，它就稍稍放慢脚步。也许是不让米娜为它担心，无论多么陡的坡道，妞儿都不表现出吃力的样子。不但如此，就仿佛背上什么人也没有乘坐似的，或是好像在说"我是为了自己的缘故和目的才这样走路的"，从始至终都保持着淡淡的态度。

　　朝阳洒在他们的背上，书包和妞儿的臀部光灿灿的。妞儿的脚指甲与柏油马路摩擦发出轻微的声音。拐过最后一个弯道，就是小学的正门。米娜和妞儿一样的绸带，友好地摇摆着。

　　中学开学典礼之前，除了给妈妈写信外，我几乎不看书写字。"城市的孩子肯定学习好，所以，你在学习上千万不要落下。"妈妈把汉字练习册和算术习题册塞进我的行李里，但是我一次也没有打开过它们。

　　芦屋离神户和大阪都很近，一定有很多稀罕的地

方。姨妈带你去了什么地方没有？听说大阪万国博览
会旧址成了公园。你没有参观过万博，至少去看看太
阳塔，也是很有意义的回忆。在大城市这段时间里，
要多看看实物。来东京之后，妈妈也每天都在努力实
践这件事。下次休息时，妈妈去百货店买点什么有用
的东西给你寄去。还有米娜的一份……

妈妈在信里这样写。

来芦屋以后，我只出过一次门，就是去制服店量校服
尺寸。一次也没有和姨妈外出过。不但姨妈，芦屋的人们
都不爱出门。他们特别喜欢待在家里，凡是出门必须办的
事，都被定义为麻烦而不吉利的事。除了姨夫和小林阿伯
之外，其他人都没有驾驶证，食品或日用品都依赖商店街
的店铺送货，所以，就连每天出门购物都很少见。

不过，由于姨夫"喜欢出门"得不着家，所以可以说
整体上保持了平衡。

然而我丝毫也没有感到不满。两年前，当知道因为妈
妈工作的缘故不能去万国博览会的时候，我哭喊起来。当
得知去不了博览会的孩子，算上自己班里只有三个人的时
候，我品尝到了绝望的滋味。但是，现在我对太阳塔等等

已经无所谓了。因为在芦屋家里，隐藏着很多不次于美国的月亮上的石头①般充满魅力的东西。

尤其令我感兴趣的是罗莎奶奶的房间。米娜专心看书，不跟我玩的时候，我就经常去敲罗莎奶奶房间的门。她每次都很愉快地让我进去。

她的房间虽然比其他人的房间都宽敞，但由于东西比其他人都多，所以空间很有限。房间里排列着她嫁过来时从德国带来的各种家具、衣柜、写字台等等，此外还摆放着糖果罐、红茶茶具、花瓶、香水瓶、八音盒、高级手包、帽子、玩具小屋等。最显眼的就是床铺，四条床腿跟我的个头差不多高，床头镂雕着玫瑰花，米田阿婆每天收拾得没有一条褶子的床罩上绣着 R 字。由于罗莎奶奶腿脚不好，房间里到处都放着各种形状的椅子，好让她三步之内就可以坐下，而这些椅子上面也都有着复杂的图案。

墙上挂着密密麻麻的照片，每一张都是发黄的老照片，里面没有一个我认识的人。给我感觉，罗莎奶奶迄今为止

---

① 1970 年日本万国博览会开幕前，在日本展出的美国阿波罗登月时采集的石头。

的时间仿佛变成了地层，堆积在房间里。

一进房间，我就感觉自己俨然变成了考古学家，兴奋地思索着首先从哪里开始考察。尽管注意着不要没礼貌，但是一旦入了迷，就不经许可地拉开抽屉，问起了："奶奶，这个是什么呀？"

尤其是有着好多抽屉的梳妆台，总是令我忍不住想要打开看。那里面各种化妆品一应俱全。从化妆水到香粉，全都是以两个女人合照的图案为商标的"双美人套装"系列。两个女人都是瓜子脸，头上戴着巨大的淡粉色鲜花，若无其事地看着什么地方。

"啊，那个呀，非常有效果呢。是润肤膏，越涂它皮肤越滑溜。"

罗莎奶奶让我坐在梳妆台前，将丝绸的化妆用披肩披在我肩上，无论多么贵的化妆品都毫不吝啬地给我用。那是个茶色盖子的乳白色瓶子，里面装的是一看就特别有效果的、黏稠的润肤膏。标签上写的是"皮肤滋养精华膏"。

"就这样，用手指取一点，一点一点一点地抹在皮肤上。一个大杏仁的分量正合适。一粒杨梅的话太多，黏黏糊糊的容易落灰尘。一颗珍珠的话，少了点。"

罗莎奶奶用发卡把我的刘海儿别住，在我的脑门、脸蛋儿和下巴上抹了"皮肤滋养精华膏"。

"朋子的皮肤非常好，装得满满的。"

"什么呀?"

"精神头、水分、弹力、未来，都在里面呢。"

罗莎奶奶越过我的肩头看着镜子里的我，用颤颤巍巍的手指把滋养膏抹匀。无论多小的凹坑都不放过，仔仔细细地涂抹着，就连眼角、鼻翼和耳根都抹到了。罗莎奶奶的气息和小鸟窝一般蓬松雪白的头发紧挨着我。她的头发偶尔碰到化妆披肩，发出刺啦刺啦的响声。满是皱纹的手指尖碰得我痒痒得受不了。

"别告诉米田阿婆啊。"

罗莎奶奶将食指贴在嘴唇上，嘘了一声。

"为什么?"

"那个人，不喜欢小孩子化妆，认为抹那些多余的东西有害健康。我也想给米娜抹这些，可是她说不行。所以这是咱俩的秘密哦!"

罗莎奶奶对着镜子里的我挤了下眼睛。

的确，关于化妆的问题，两个老女人是完全相反的。罗莎奶奶每天早晨坐在餐桌前时，就已经化妆完毕。口红和发卡也都配合衣服的颜色，哪怕只是小指指尖稍微剐掉一点，十根手指就要全部重新涂指甲油。

与她相反，米田阿婆素面朝天。除了象征性地拍一点丝瓜水之外，什么也不抹。比起化妆来，她更喜欢围着锅台转；比起穿漂亮衣服来，给别人缝补衣服更让她感到愉快。

然后，罗莎奶奶用粉红色的粉扑，以不被米田阿婆发现的程度给我拍了些香粉，涂抹了润唇膏，用"亮甲液"给我按摩指甲。然后她逐一打开梳妆台上的一排香水瓶的盖子，让我全部闻了一遍之后，挑我最喜欢的在我耳朵后面抹了一滴。不过，说实话，所有的香水全都一个味，根本区分不出来，我只是凭瓶子的形状选了下而已。

罗莎奶奶的手微微颤抖着，虽然总是碰到盖子、瓶子或盒子引起一阵咔哒咔哒乱响，触到我脸上的手指却非常温柔，非常温暖。她的动作很缓慢，弯下几乎和妞儿一样圆滚滚的腰部，歪着嘴唇，把快要掉出来的假牙塞进嘴里。

我陶醉于形状可爱的瓶子、色泽美丽的液体、从米没有闻过的香味。只是罗莎奶奶无名指上戴的结婚戒指近在眼前，有些可怕。它勒进肉里，和肉成为一体，上面刻的图案和皮肤的褶皱同化得分不出来了。如果出现不得不摘下戒指的情况，恐怕除了切掉手指没有其他办法。我不由自主想到这个场景，感到害怕。坐在梳妆台前的那段时间里，我一直在心里祈祷千万不要遇到那样的情况。

"好了，化完了。"

罗莎奶奶摘掉化妆披肩，把镜子里的我和本人来回比对着，满意地点点头。

"嗯，非常美丽。朋子，很漂亮。对米田阿婆保密哟!"

在罗莎奶奶的要求下，我把自己的名字"朋子"的汉字写法教给她。

罗莎奶奶虽然来日本五十六年了，汉字却不认识几个。至今出门口袋里还总是带着词典，一遇到不认识的汉字，就问旁边的人。年轻时，还认识不少汉字，上了岁数以后，忘得差不多了。

"朋子"——我在信纸上用钢笔写得大大的。

"啊……"

罗莎奶奶戴上了挂在胸前的老花镜，很感慨似的大声发出感叹。

"这个，是同样的汉字，两个挨在一起的。哥俩好地挨着呢，不是吗?"

"嗯，是啊。两个'月'字。"

"这样的汉字，以前就有吗？我没见过。"

"朋友，或是伙伴的意思呀。"

"不错啊，非常好的汉字。因为没有两个月亮呀，明明没有的东西在这个字里却有两个。这说明，是非常宝贵的伙伴啊。同样大小，没有上下，横着排列。这点很好啊。是平等的，不是孤单的。和这个化妆品一样。"

罗莎奶奶指着梳妆台说道。双美人依然被花朵围绕着，两对细长的眼睛看着同一个方向。然后罗莎奶奶颤巍巍地伸手从墙上拿下一个镜框给我看。

"这个也是。我们两个人挨在一起，平等地并列着。"

那是一张很久之前的照片。穿着同样有蕾丝领子、灯笼袖连衣裙的两个少女，差不多是米娜的年纪吧，很亲密地紧挨着。就像双美人那样，就像"朋"这个字那样。

"奶奶是双胞胎吗？"

"是……"

"哪个是您？"

"这边的，鼻子和嘴唇之间比较深，耳垂圆的。"

罗莎奶奶指着左边的少女说，可是无论怎样端详，我也看不出区别来。

"这边的是姐姐，伊尔玛姐姐。"

"奶奶的姐姐现在还在德国吗?"

罗莎奶奶摇了摇头。摇头的样子很暧昧,所以起初很难判断是说姐姐在德国以外的地方,还是别的什么意思。后来看到她从兜里掏出手帕擦拭镜框上的灰尘时,我才明白原来是别的意思。

"一九一六年,我来日本的时候,在柏林车站分手的。结果真成了最后一别。"

我从罗莎奶奶手里拿过照片,放回了原来的地方,并仔细确认有没有挂歪。罗莎奶奶拿过刚才的信纸,将老花眼镜的镜架往上抬了抬,再次端详我写的字,然后在它的旁边慢慢地慢慢地,很小心地写了个"朋"字。

九

这一天，终于迎来了中学开学典礼。那是个阴沉而寒冷的早晨。姨夫没有回来的话，只能自己一个人去学校了，我已经做好了思想准备。家里也没有一个人谈论过此事。谁料想，到了这天，所有的女性立刻开始热热闹闹地做准备了。

"绝不能让朋子一个人去。"

姨妈以从未有过的坚决态度说道。

罗莎奶奶、米田阿婆、米娜三个人都聚到姨妈的衣橱前，分别挑选了一件自己最满意的衣服，轮流把衣服贴在姨妈身上比试。

"领口那儿感觉有点软塌塌的。太太是不是又瘦了呀？"

"不管怎么看，这件也太暗淡了。暗淡的心情，不好，今天是好日子啊。更明快的大花的衣服没有吗？我想把我的衣服借给你穿，可是尺寸不合适。"

"不过，太花哨的话，对孩子们影响不太好。比起穿得鲜艳来，穿出年轻更重要吧。"

由于三个人的品味不一样，为了决定穿哪件衣服去而大费周章。关键是姨妈本人也不表明自己的态度，对大家的建议只是一味地点头。

从衣橱里的色彩看来，姨妈属于不爱打扮不经常出门的人。挂在那里的衣服，都是以不起眼为主旨缝制的，虽然质地很好，但样式保守，没有个性。而且数量贫乏，从衣架缝隙间可以看到衣橱的背板。

最终，大家经过商讨，选择了藏蓝色的纺绸连衣裙，搭配貂皮披肩增添一些奢华感顺便遮掩姨妈干瘦的脖子，用蓝宝石发卡把头发束得高高的，打扮出年轻的感觉来。貂皮披肩和蓝宝石发卡都是罗莎奶奶从自己房间的地层里挖出来的。另外给姨妈涂了鲜艳的口红，又打上一层腮红也是罗莎奶奶的主意。

和姨妈比起来，作为主角的我就太朴素了。只穿了西宫的洋货店刚刚送来的制服，白色的袜子。多亏姨夫帮我量身定做校服，非常合身。由于校规禁止，所以不能系米娜和妞儿那样的绸带。只是不出所料，想尽了办法，胸罩还是不合身，老是不自然地鼓着。

"准备好了吗，朋子小姐？一定要昂首挺胸的，第一天最重要。虽说是转校生，也不必紧张。说到底，大家都是一年级学生，根本不用害怕。"

米田阿婆这样说，啪地拍了我的后背一下。我虽然不像米田阿婆担心的那样害怕什么，还是很感谢地点点头。

米娜像往常一样，骑着妞儿去上学了。我和姨妈两个人自然是徒步去中学。小学和中学所在的方向正好相反。

Y中学位于比姨妈家海拔还要高的地方。上学走的坡道陡得非同寻常，几乎等于是爬山了，从树木之间能听到高座山的流水声。姨妈和我都累得气喘吁吁，不知不觉已经略出薄汗，姨妈的漂亮披肩快要从肩膀上掉下来了。

要说最狼狈的还是我，和姨妈的披肩相反，每走一步，我的胸罩就往上边移动一点。到达校门口时，终于移到了乳头上边，它本来的作用完全落空了。

中学坐落在比我想象的还要幽静的风景之中，根本没有城市的氛围。校舍后面就是山脊，再往上去，不像有住宅的样子，只有茂盛的林木。感觉和位于田地正中央的冈山中学差别不大。

我被分到了一年级二班。看了一遍班上的女同学，并不显得我特别土气。妈妈最担心的就是这个，不过正如米田阿婆所说的，完全没有必要害怕。更差劲的是男孩子，一眼看去觉得好看的男生，很遗憾一个也没有。班主任是个大学刚毕业的教社会课程的小个子老师。

"你家在哪儿？"

典礼开始之前，邻座的女孩子问我。我说了地址。

"哦，那么就是有河马那家的附近了？"

"嗯，我就住那家。"

"啊！"

她很有兴趣地看着我，仿佛我就是那头河马似的。

"不过，姓不一样。"

那个孩子指着我的名牌说道。解释起来真麻烦呢，我心想。这时，教导主任庄严宣布典礼开始，体育馆里肃静下来。我松了口气，仍然没有忘记小声对那个女孩子说了一句：

"它不是一般的河马，是侏儒河马。偶蹄目河马科倭河马属。"

入学典礼时，姨妈表现得非常完美。她将披肩重新披在了肩膀上，左手按在披肩合拢处，蓝宝石发卡熠熠生辉，飘落在它们上面的樱花花瓣，意外地起到了点睛的作用。姨妈嘴角泛着微笑，眼睛没有一丝阴影，尽管坐在乏味的钢管椅子上，却保持着优雅的姿态。鲜艳的口红与整体十分协调，柔软质地的连衣裙裹着纤细的身条，更显魅力。

抱歉似的点烟以及低头喝威士忌酒时的那种气质，被她隐藏得无影无踪。

两个人都开学以后，米娜和我的生活变得规律了。放学回来后，吃点心，学习。到了傍晚，听玛莎库拉卡瓦的《基础英语》广播讲座，帮助米田阿婆或小林阿伯做家务：削胡萝卜皮，给妞儿送饭，都是些简单的活儿。米娜一定会帮着干的活是给烧洗澡水的煤气炉点火。我来这里之前，就已成了定例。吃完晚饭之后，我和米娜一起泡澡，然后去各自的床上睡觉。

每天有规律的生活，使我想家的念头渐渐淡薄了。大体上，早晨是我最愉快的时候。特别是晴朗的春天早晨，在透过窗帘射进来的朝阳中睁开眼睛的瞬间。昨天晚上脱在地上的拖鞋、米黄色的地板、壁纸的图案、煤油灯形状的电灯、一坐在它前面就觉得自己变聪明的结实的桌子，我喜欢躺在床上看到这些东西一点一点从昏暗之中浮现出来。

打开窗帘，会看到庭院里的绿色植物上露珠晶莹润泽，大海一望无际一直连接到远处的天空。妞儿还在假山那里做美梦吧。只有小鸟们叽叽喳喳地叫着，在水塘边喝水。从楼下传来米田阿婆准备早餐的动静。每天早晨，还会听见送长条面包的"面包房 B"的送货车停在厨房门外的声音。只要听到那个声音，就仿佛闻到了刚刚烤好的面包的香味儿飘散过来。朝阳在平等地祝福着世上的人们。

然而，夜晚很危险。太阳落下去后，玄关拱门、厨房、楼梯拐角、庭院灯和房子里的所有电灯依次被点亮了，这是黑暗从脚下爬上来的时候，祝福就变成了诅咒。米娜也好，罗莎奶奶也好，都有属于自己的房间守护着，只有我自己被丢在不该待的地方——我陷入了这种心情里。黑暗从人群中只选择了我一个，涌入我心中。

尤其是夜里的妞儿很让人头疼。夜行性的妞儿，天黑之后活动的范围比白天更加大了，它围着花坛绕圈，或是把脑袋搁在藤架下面的长椅上眺望夜景，或是卧在草坪上睡觉。也许是小林阿伯准备的食物不够吃吧，它常常把头拱进树丛里，吭哧吭哧地吃个不停。有时候还下到池塘里，静悄悄地游泳，那般肥硕的身体竟然没有发出声响。

从窗户望着这样活跃的妞儿，我不知怎么感到寂寞极了。白天看来只是滑稽可笑的动作，天一黑，立刻就增添了别的意味。妞儿一定是一边晃晃悠悠地在庭院里走来走去，一边把无法对我们表达的悲伤和着呼出的气息一起吐出来或是想要在池水里溶解掉吧。小林阿伯回家之后，它不让人察觉地、悄无声息地在夜色之中活动。

家里只有我一个人对夜里的妞儿这样担心。我越来越觉得只有我能够读懂它的内心。我和它的寂寞合在一起，塞满了在黑暗中浮现出来的妞儿深绿色的臀部。

能够安慰想家的我的最好的药就是妈妈的来信。米田阿婆一看到邮筒里有妈妈的信，就立刻大声叫我的名字。

"朋子小姐，你母亲的来信。"

听到这个声音，大家都一齐围拢过来，为我收到信而欢喜。

"好像比上次那封信厚一些吧？"

米娜的观察总是特别敏锐。

"朋子的妈妈，字写得好看。这个汉字我也认识了，两个月亮并排，朋子。"

罗莎奶奶戴上老花镜，探头看信封上的名字。

"写回信了吗？一定要让妈妈放心哦，让父母担心是最大的不孝。"

无论什么时候，米田阿婆都不忘说教。

"大家在旁边，朋子不能踏实地看信。让朋子自己看吧。"

姨妈说道。

他们为什么对别人的来信抱有如此大的兴趣，在米田阿婆说着"龙一少爷来信了"走进起居室来的时候，我才搞明白。在瑞士留学的米娜的哥哥龙一的来信，无条件地让他们感到幸福。因为它是从外面的世界，吹进山上的家里来的一阵风。罗莎奶奶一改往日，非常快速地拄着拐杖登场，姨妈立即摁灭了烟，就连在院子里干活儿的小林阿伯都立刻跑来了。由于收信人一向是罗莎奶奶，所以打开信封的特权就赋予了她。

"快点打开呀?"

等不及的米娜催促道。可是罗莎奶奶仿佛在玩味附着于信封上的一切似的,摸着信封上面的字,盯着邮戳看,亲吻黏合的封口。然后才用颤抖的手——也不用剪子,撕破了信封。我不禁担心,这样宝贵的信,撕破了不要紧吗?但是,大家好像都在一心关注里面的信,没有当回事的样子。

里面不光是写给罗莎奶奶的,还有分别写给姨妈、米娜、米田阿婆、小林阿伯的信。大家从罗莎奶奶的手里找出写给自己的信,立刻站在原地看起来。有的露出微笑,有的感慨着点头,有的说"给我写了这样的话",开始念信。于是就像比赛一般,"给我这样写的","给我是……",一个接一个地朗读起来。每个人都在沙发上找各自最喜欢坐的地方坐下,互相倾听读信。

他们是很珍重来信喜悦的人们,是互相分享看信快乐的人们。但是我注意到,龙一写来的航空信里没有一封是写给姨夫的。

十

放学回家走下最后一个坡道时，一点点从树丛间露出来的洋楼，总是让我百看不厌。首先映入眼帘的是两座塔的塔尖，接着出现的便是匀称美观的屋顶轮廓。弧形瓦片的橙黄色和墙壁的奶油色，成了装点那片碧绿间隙的绝妙配色。随着坡道转弯，即使角度改变，那色彩的均衡依然如故，不会被打破。虽然只能隐约看到半圆形窗户、露台栏杆以及百叶窗，无法看到宅邸整体，但是我能感受到，那里坐落着某个庞大的东西。那里隐藏着的美轮美奂，让人不敢相信竟然有人住在里面。

当然，宅邸的内部也和外观一样富丽堂皇。我背着书包站在玄关大厅里，抬头仰望不时有微风吹过的高高的天花板，不由得陶醉其中。第一次跟随姨夫来到这里时的惊讶依然没有褪色。无论是从天花板上垂下来的枝形吊灯，还是描绘着优美弧线向上延伸而去的阶梯，会客室门上镶嵌着的彩绘玻璃，总是让我感到新鲜。每次站在这栋房子里，都会再一次受到震撼。

当时还是中学生的我并不知道，屋内装饰的美术品、工艺品也都是顶级货。大部分都是米娜的爷爷收藏的，而且摆放得很有节制，并不是炫耀似的一股脑地堆砌出来，而是在适合的空间里摆放最相称的物品。

十七个房间都是请专业的保洁人员打扫，但是爱干净的米田阿婆还会仔细擦拭各个角落，因此，家里处处都是光洁明亮的。假如用了什么东西后忘记收拾好，一旦被眼尖的米田阿婆发现，免不了挨一顿斥责。脏了的运动服、学校发的讲义、Fressy 饮料的空瓶……所有的东西都必须立刻放回它应该在的位置。

唯一的例外就是书。米娜即使将读了一半的书倒扣在玻璃房的桌子上，米田阿姿也绝不会擅自收拾。扣着的书页里面隐藏着一个尚未看到的世界，倒扣着的书是返回那个世界继续探索的入口，所以为了不让米娜成为迷路的孩子，书不能随便触碰。米田阿婆很清楚地知道这一点。

在芦屋的家中，无论多么昂贵的雕塑或者陶器，都不如书更受到珍重。为了方便大家马上拿到想要的书，所有的房间里都有书架，孩子也能自由取出大人的书籍来看。德语的药学专业书籍、米娜的图画书、米田阿婆的《主妇之友》副刊，都受到了一视同仁的待遇。

我冈山的家里一个书箱都没有。说到身边的出版物，也就是妈妈工作中用的时尚杂志或者西装的纸样图册之类的。所以当我第一次在图书馆之外的地方看到这么多的书时，被震撼了，同时也萌生了一个疑问—— 一个家庭真的需要这么多书吗？

但是，我的想法很快就发生了变化。靠着房间的墙壁上，一排排书籍直达天花板。它们并不大声宣告自己的存在，也不会卖弄自己华丽的外表，只是静静地待在那里。虽然外观只是毫不起眼的方形箱子，但是从中渗透出与雕刻家、陶艺家所创造的形态之美同等的东西。被镌刻在每一页纸上的文字的含义，深邃得是这些箱子收纳不了的，它却不露声色地静静等待着某人将它开启。对它们的那份忍耐，我不禁肃然起敬。

不知道什么时候，米娜走进了房间。她紧闭双唇，眼睛一眨不眨地盯着书脊，在书架前走来走去地找着，任由裙子口袋里的火柴盒发出沙沙的摩擦声，终于找到了一本书。她踮起脚尖，用力伸着胳膊拽出那本书，毫不在意衬衣从裙子里溜了出来，然后，用纤细的胳膊紧紧地抱住书。接下来，米娜把靠垫抱在胸前，躺在沙发上。打开书之后，她便去远方游历了。

四月十七日，星期一的早上。米娜一看到放在餐桌上的报纸头版，便大声叫了出来。

"川端康成，自杀了！"

她虽然只是将报纸的标题读出来，但声音却近乎悲鸣。

"在工作室吸入煤气自杀，由于健康原因？"

米娜接着将副标题也读了出来。这次，她的语气像是在向某人提出抗议似的。

"啊，怎么会这样呢？他还得过诺贝尔奖，了不起的人……"

米田阿婆一边将黄油和果酱摆在餐桌上，一边满脸凄凉地说。

"是啊。"

姨妈把柠檬片加到红茶里，小声地说道。米娜翻开报纸，读起了报道：

"诺贝尔奖获得者，川端康成，括弧七十二岁，十六日夜，在逗子市游艇公寓四层的工作室内，口含煤气管自杀。现场未发现遗书。关于自杀原因，有关人士多表示不解。据悉，川端康成上个月刚刚接受了盲肠手术，自杀是因为健康欠佳……"

大家都坐下来认真听米娜读报道。罗莎奶奶将双手合十置于胸前，米田阿婆埋头将草莓果酱涂在法式面包上，姨妈一直搅拌着红茶。朝阳从东面的窗户斜射进来，洒在米娜的侧脸上。她毫无停顿地将这一大段难读的汉字全部正确地读了出来。

"……川端康成的遗体，于次日凌晨，被家人、用人和邻居们接回了镰仓的家中。"

米娜一读完，大家同时发出了叹息。

"你认识川端康成吗？"

我也不知道自己在问谁。

"不认识。"

罗莎奶奶放下双手回答道。

"我是看到大家都那么惊讶，所以……"

"不认识，一次都没见过。不过，川端不是作家吗？是写书的人。家里还有川端的书呢。虽然不认识，但有所关联吧。川端写的书就放在这儿，那本书大家都读过。所以我感觉很悲伤。"

米娜郑重地将报纸叠好，放在餐桌上。大家都低头凝视自己的餐盘片刻以示默哀，全然不顾盘中的火腿蛋已经冷了。

"口含煤气管自杀，是什么样的感受呢？"

米娜抱着装有固体饲料球的麻袋说道。那天放学回来后，我们帮小林阿伯喂妞儿。

"这个……"

米娜时常提一些让人不知道该怎么回答的问题。由于我比她年龄大点儿，所以总想找到让她赞叹的绝妙答案，却总是回答不好。

"煤气管是用橡胶做的，含着肯定很不舒服。本来就不是该放进嘴里的东西，而且有怪味吧。"

我从小屋里搬出三个砖头似的四方干草块儿。妞儿早已经等不及了，在我们之间转来转去。

"还不能吃哦。"

米娜制止了将鼻子凑近干草的妞儿，用秤称出刚好

2.5千克的干草量。

"怎么会死了呢?"

这次,米娜不再是抗议的口气,而像是轻柔地抚摸眼前的疑问似的。妞儿流着口水,在饲料和我们之间看来看去,等着我们发话。

"自己写的故事出版了,不但日本,全世界的书店和图书馆里都有他的书呢。在自己从未去过的某个小镇的图书馆里,自己不相识的某个人在读着自己写的书。有着如此了不起成就的人,却自杀了,到底是为什么呢?"

米娜拍了一下手。得到这个信号后,妞儿立马用鼻头把干草块儿顶散,用舌头一口一口地将干草卷进嘴里。虽然没人和它抢,但妞儿还是专心致志地狼吞虎咽着。

第二天傍晚,传来了一个让米娜更为难过的消息。那是刊登在晚报上的稍不留意就会被忽略的短篇报道——《受川端之死刺激,独居老人跟风自杀》。

当天晚饭时,我们想象着川端康成的书摆满独居老人书架的情景,就像为川端先生默哀时一样,又为老人进行了默哀。

十一

我去芦屋市立图书馆借书，就是从川端康成自杀开始的。

"我有件事想拜托你。"

星期四的下午，米娜对我说。

"你能去图书馆帮我借本书吗？"

从家到位于阪神线电车打出站北面的芦屋图书馆，坐车最多也就是十分钟左右的距离，但这对于严重晕车的米娜来说，就远得难以忍受了。妞儿通过步行许可审批的只有上学这段路，所以，米娜也不能骑着妞儿去。据说以前想借书的时候，她是拜托小林阿伯去借的。

"庭院的工作已经够小林阿伯忙的了，如果让他特意去图书馆，我觉得不好意思。而且，以小林阿伯的年纪，去借《红发少女安妮》《少女波丽安娜》什么的，他会很难为情吧。当然，小林阿伯没有这样说过，不过如果朋子能去的话，就好多了。"

"当然可以啦。不过家里已经有这么多书了，还要从别的地方借吗？"

听到我这样问，米娜惊讶地瞪大了眼睛说道：

"但是，这世上有着我们穷其一生也读不完的书啊。"

"嗯，也是。那，借什么书呢？"

"川端康成的。"

"罗莎奶奶不是说家里有吗？"

"家里的是《伊豆的舞女》《雪国》《古都》，那些都已经读完了。所以，拜托你再借点别的。"

"别的？比如呢？"

"朋子以前读过的，觉得有趣的就好。只要是朋子喜欢的，就一定没错。"

"啊？"

我一时语塞。我从来没有读过川端康成的小说。不仅如此，我都不记得自己曾经从头到尾读过任何人写的可以称为小说的书。作为一个中学生，竟然没读过一本日本首位获得诺贝尔文学奖的作家的作品，恐怕太说不过去了。我有点焦躁。

"那就看着合适的借了。"

我只能这样搪塞过去。

在开森桥坐上巴士，从已经凋落的樱花林荫道边驶过。通过道口，然后从住宅街穿过，途中，在几个车站停靠了一下。坦诚地讲，与没读过川端康成小说的羞耻相比，被米娜拜托去图书馆的喜悦，对我来说更为重要。自从来到芦屋以后，我一直想为这家人做点什么。米娜发病的那天夜里，每个人都有重要的任务，只有我一个人什么忙都帮不上。我一直希望有一天，大家能这样想：有朋子在真是太好了。所以，替米娜去图书馆借书什么的小事一桩。

图书馆位于打出天神社的对面，是一座用石头建造的沉稳厚重的建筑。它被挺拔的树木环绕，蔓草攀缘在墙壁表面，古色古香的双开式大门上镶嵌着中国风格的装饰品。石头的沁人凉意充斥到馆内摆放得整整齐齐的高高书架，在过道的角落里形成暗淡的阴影。这里和我所知道的冈山小学的图书馆、儿童馆的图书角完全不同，这里的图书馆更加成熟，也更有威严。

"你好，我想做个借书卡。"

我对服务台的男人说道。

"是第一次来吗?"

和其他图书管理员不同，只有他一个人没有穿制服，穿的是一件白色高领毛衣。

"是的。"

"学生证带了吗?"

"带了，给你。"

我把学校刚发的学生证递给了他。

"好的。那么，请用铅笔填一下这张表里的必填事项。"

那个人是个瘦高个儿，每次低头，长长的头发便会滑落到额头前面。他很年轻，看起来像个大学生，但工作的样子却非常老练，给人在图书馆工作了很长时间的感觉。他拿图书时动作小心而利落，嗓音沉稳，很好地融入图书馆的静寂中。

"有川端康成的书吗?"

我问。

"当然有。"

高领毛衣先生抬起头回答。

"在第八个书架的旁边设立了一个追悼角，你可以去那儿找找。不过，川端康成真是让人惋惜啊。"

"是啊。"

我们一起朝第八个书架的方向看去。

"有什么有趣的小说呢？"

"中学生就开始读川端的书了，你很不简单啊。"

高领毛衣先生露出了善良的微笑。

"哪里。"

我赶紧摇摇头，本想解释说不简单的人不是我，但不忍心践踏他的好意，便没说出实情。

"《伊豆的舞女》怎么样？"

"啊，那个已经看过了。"

"哦……"

高领毛衣先生露出发自内心佩服的神情。于是，我越发感觉不能让他失望。

"还有《雪国》和《占都》也看过……"

我在心里对自己说：我没有撒谎，只不过是省略了主语而已。

"太厉害了。"

仅仅读了几本书，就能够得到别人这样的赞美，令我感到困惑，我低下了头。我心里很清楚，真正应该得到赞美的是米娜。

"那么，《睡美人》看过吗？"

高领毛衣先生把手扶在服务台上，歪着头，靠近我的脸问道。

"……美人……"

这个词在我的脑中回响。仿佛眼前这个让我颇有好感的图书管理员在向自己告白，说我是个美女一样，我的心里小鹿乱撞。

"那个还没看过。"

"那就推荐你看看。我觉得这本小说和你很相配。"

确实如此，《睡美人》这个题目和米娜很相配。或许这个人已经看透一切了。他已经看出来，我不过是个跑腿儿的，想找川端康成书的真正美人正在山上的洋房里等着呢。不然的话，他应该不会给我推荐美人之类的书。这种想法一旦出现，便卷起旋涡，使我越来越心慌意乱。

"这是你的借书卡，请小心使用哦。"

高领毛衣先生把刚刚做好的卡递给了我。他好像在示范"小心使用"一词的含义一样，郑重地递给了我。我碰到他指尖时，感到了一丝凉意。

"嗯，一定。"

我回答道。

正如那天和穿着白色高领毛衣的青年约定的那样，三十多年后的今天，我仍然珍藏着芦屋市立图书馆的借书卡。虽然卡片已经变成了茶色，边角也磨损了，但在芦屋那一年我借过的，也就是米娜读过的书的书名还记载在借书卡上。从最上面的《睡美人》依次向下，每看到一个书名，和米娜一起度过的情景便浮现在我的眼前。与那个被我偷偷起了"高领毛衣先生"这个绰号的年轻图书管理员隔着服务台的对话也会被唤醒。《亚瑟王与圆桌骑士》《罗杰·艾克罗伊德谋杀案》《游园会》《弗兰尼与佐伊》《初恋》《变身》《阿Q正传》《彗星的秘密》……虽然这些不过是书名，却像一个个印章一样，证明着我们的回忆是不变的。每次我想念米娜的时候，都会把这个借书卡拿出来看看。

米娜急不可耐地坐在玄关大厅的长椅上。

"没事儿吧？没迷路吧？怎么借书，很快就弄明白了？"

米娜跑到我跟前问这问那。

"嗯，一切顺利。给你。"

我拿出《睡美人》。米娜赶紧把书贴到胸前，并向我表示了感谢，比我微不足道的辛劳强烈好几倍的感谢。和预想的一样，被她抱在胸前的那本《睡美人》和米娜十分相配。

关于高领毛衣先生的事，我暂时没有告诉她。

十二

在芦屋的家里，如果有什么东西坏了的话，在打电话给修理工之前，大家都习惯先把东西拿到姨夫的书房去。罗莎奶奶金属扣松了的珍珠项链、米田阿婆接触不良的搅拌机、米娜弹簧脱落了的自动铅笔，都被放在了书房的桌子上。不需要留便条，也不需要装到袋子里，只要把需要修理的东西轻轻放到主人不在但被收拾得整整齐齐的桌子中央，然后走出书房就可以了。每个人好像都相信，把东西放在这里，它就会自动恢复原状似的。

从把妞儿培养成交通工具就可以看出，姨夫有着比任何出色的宝石店、电器店、文具店师傅都精巧的手艺。大部分东西他都能轻松愉快地修理好。姨夫只是稍微摆弄一下，原先怎么都不好用的东西一瞬间都恢复了原来的面目：断了的线被接上，齿轮完全啮合了，零件回到了自己的位置。

问题在于，我们不知道姨夫什么时候回来。只要姨夫不回来，那些东西只能一直静静地躺在桌子上。

但是没有人着急。即便搅拌机坏了，也不妨碍米田阿婆准备饭菜。大家都漫不经心的，坏了的物品也耐心地在桌子上等待着。

书房位于楼上二层的正面，所以清洁工来打扫的时候，就能从开着的房门看到里面的样子。每当这时，我总是忍不住停下脚步，出神地看着采光很好的窗边那张沉甸甸的红木桌子，那上面的损坏物品在一天天增多着。

姨夫回来的那天是四月二十九日，黄金周第一天的傍晚。好像谁都没有预料到似的，清脆的门铃声响起来姨夫出现在起居室的瞬间，每个人都发出不尽相同的惊讶声音。

和往常一样，姨夫从衬衫衣领到袖扣都一丝不苟，穿着十分讲究，露出了他那迷人的优雅微笑。虽说是节假日，但也没有什么特别的不同，一如平日。而姨夫就像在这一如平日的悠闲生活中，突然飞来的一颗流星一样。

"小姐们，你们好吗?"

姨夫分别给罗莎奶奶、米田阿婆、米娜还有我一个见面吻。只有我一个人表情十分僵硬不自然，感觉很害羞，因为我从来没有接触过脸贴脸的西式问候。米娜立刻占领了姨夫旁边的位置，喋喋不休地说起了学校里和家里发生的琐事。这时，在二楼上的姨妈才走下来。最关键的两个人，最应该亲吻的两个人，也许是不想打断说得正起劲儿的米娜，只是互相目光交汇，彼此给对方递了个眼神。

我心想，啊，这回就不用担心书房桌子上要修理的东西放不下了。

姨夫不是一个人回来的，他带了两个六甲山饭店的厨师和三个服务生。

他们对罗莎奶奶致以无比恭敬的问候。

"好久不见，老夫人。看到您身体这么硬朗，非常高兴。"

"今天，我们来为您制作一九五六年庆祝前总经理和老夫人结婚四十周年时，在我们饭店举办宴会时的菜单。"

"啊，那是老伴去世两年前的事情了。那么久以前的菜单，谁还记得呀?"

"不会的，老夫人。我们记得清清楚楚的。"

厨师和服务生再一次深深地鞠了一个躬。

自六甲山饭店开业以来，这一家人便是那里的常客。尤其是爷爷在世的时候，避暑、舞会、接待客户、家人各种喜庆事等等，都常常在这个饭店举办。但是，爷爷去世后，罗莎奶奶的脚不好了，据说就很少再去。

虽然我不能准确地预测接下来会发生什么，但是，会发生某种令人眩晕的事情的预感强烈得呼之欲出。

"哎，饭店的人为什么会来呢？"

我问米娜。

"因为奶奶很喜欢吃六甲山饭店的西餐，他们有时候会出差到这里来。"

"特地来的？"

"嗯。"

"只为了给我们做西餐？"

"是啊。"

米娜回答得很干脆。

我和米娜的兴奋点依旧不一样。她一眼也不看饭店来的人，只是依旧一个劲儿地缠着姨夫。

"去看看妞儿嘛。它最近好像胖了，饲料都换成低脂类的了。"

说着便拉着姨夫从阳台跑到院子里去了。

我小心着不打扰厨师们，在厨房和餐厅之间来回溜达，观察他们干活儿的样子。他们都默默地干着活儿。对这个家里的布局，他们了如指掌，哪个抽屉里有什么东西，全都很有数，每一个动作都恰到好处。他们给餐桌铺上洁白的桌布，摆上花朵，给烛台插上蜡烛。他们把肉块儿切碎，往锅里加入调味品来回翻炒，用小拇指尝酱汁咸淡。

和我一样静不下心来的还有米田阿婆。

虽然她已经提前被姨夫告知"米田阿婆今天什么都不用做"，但也许是长久以来养成了习惯，她总是下意识地叠叠餐巾啦，摆摆餐具啦。每当这时，服务生便会制止她，说"不用麻烦您，我们来做"。所以，米田阿婆只能在旁边干看着。

一经他们的手，司空见惯的东西全都变了模样。不锈钢水槽和大理石烹饪台上都被擦洗得光彩夺目，就连米田阿婆平时用的勺子也变成了能发挥神秘作用的工具。

"请问，这个是什么？"

我没有抑制住自己的好奇心，向服务生询问起来。

"这是餐巾环,上面刻着每一位的名字。"

"是专门为今天刻的吗?"

"不是,我们饭店里保存着刻有老顾客名字的餐巾环。"

那是银制的、虽然不大却很有分量的圆环,上面确实刻着大家的名字和饭店的标志。

"Rosa""Toshi""Ken Erich""Hiromi""Mina"。[1] 此时我第一次知道米田阿婆的名字叫阿寿。罗莎奶奶和米田阿婆的餐巾环沉稳素净,而米娜的则是亮闪闪的。服务生将餐巾叠成蝴蝶状,在中间套了个环,一组一组地摆到桌子上。

"不必担心。"

一直表情严肃、全神贯注于工作的一个服务生,朝我这边看了一眼,眨了下眼睛。

"小姐的也准备好了。"

我的是个比其他人的都新的、没有一点划痕的餐巾环,上面刻着"Tomoko",轻轻一摸,指尖仿佛还会沾上刻字时留下的银粉。

---

① 分别是罗莎奶奶、米田阿婆、姨夫、姨妈和米娜日文名字的罗马字拼音。

"总经理提前吩咐我们了。"

服务生格外仔细地将我的餐巾叠成了蝴蝶状。

一切都准备就绪了。不知不觉间，太阳已经落山，外面暗了下来。餐桌上摆着好多把刀叉、大大小小的空盘子、各种形状的玻璃杯，这些东西都毫无间隙地摆放在白桌布上。我们每个人都精心打扮，梳理了头发，挺直腰背坐在椅子上。就连米田阿婆，今天都穿上了之前从没有见她穿过的淡蓝色真丝连衣裙。姨夫也坐在了那个平日里一直空着的最里边的座位上。通往厨房的门关着，我们看不到厨师的身影，但是热乎乎的菜香味仍然飘散在房间里。三个服务生并排站在饭厅一角，只等时间一到，便立刻出动。

姨夫关上灯，服务生刚准备划火柴就被姨夫制止住了。他说："等一下，请不要点。我们家划火柴的活儿，是米娜的。没有人能够像她那样划出美丽明亮的火苗来。"

十三

　　如果要用一句话形容米娜这个孩子的话，应该有很多说法吧。例如，患有哮喘病的少女，喜欢看书的少女，骑着侏儒河马的少女等等。但是，若想证明米娜与别人都不一样的独一无二性，就必须将她描述成：能够用火柴划出美丽火苗的少女。

　　我不知道是什么契机让米娜变得如此痴迷于火柴盒，也不明白大人们为什么没有以危险为理由制止她。反正自从我来到芦屋的家中，米娜的裙子口袋里必定随时装着火柴盒，无论是点燃烧洗澡水的煤气炉、光照浴室的灯，抑或是点燃停电的夜晚、特别晚宴时的蜡烛，都一定是由米娜完成的。

在遇见米娜之前，对我来说，火柴只是火柴，没有任何其他意义。但是，每当看到米娜拿出火柴盒的时候，我才知道划火柴可以是无言的仪式，也可以是虔诚的祷告。

米娜将火柴盒的内盒推出来，捏着火柴杆，抽出一根火柴。接着，她一边把内盒推回去，一边用指尖巧妙地调整好角度，将红褐色的圆头儿贴在粗糙的侧面。所有的动作都平静而松弛地推进着，没有花费多余的力气。米娜紧闭双唇，垂下眼睛。似乎只有支撑着火柴杆的三根手指紧绷神经，预示着即将进入下一步动作。

米娜屏住呼吸，指尖一翻。只听嚓的一声掠过耳畔，那声音尖锐得让我怀疑，如此柔弱的少女的身体里何以潜藏着这般的敏捷。此时，只见蜡烛已经被点燃了，充斥房间的黑暗如潮水般退去了。

我不知不觉看得入了神。这是我第一次发现，火柴的火苗竟然可以如此通透。如果不是残留着少许红磷的气味，我甚至产生了错觉，认为是米娜使用魔法从什么地方送来了光明，之所以那样通透是因为那是用她的食指点燃的。

那个夜晚也是如此，姨夫带着六甲山饭店的人回来的那个晚宴。在场的所有人都默默地看着六根蜡烛被米娜的手一一点燃。她也深知自己被大家注视着，优雅地完成了自己责无旁贷的任务。

米娜手里拿着的火柴熄灭时，即所有的蜡烛被点燃之时，餐厅好像真的被施了魔法一样。

"开始吧!"

姨夫声音洪亮地发了话，同时展开了餐巾。摇曳的火苗使餐具的光泽和大家的眼眸都变得柔和起来。服务生们悄无声息地在厨房和餐厅之间穿梭，在我们身后侍候着，无须吩咐，就把我们想吃的菜肴和美味的菜肴一道一道摆在了我们面前。服务生起开红酒和 Fressy 饮料的塞子，然后把金鱼缸形状的陶器里的蘑菇汤盛到每个人的碗里，并在蘑菇汤里撒上少许面包丁。

大家交谈甚欢。过去的事、值得自豪的事、笑话、糗事、国外见闻、妞儿的事、学习的事，什么都聊。姨夫给我们讲了坐飞机去纽约出差时，坐在他旁边的怪老头的趣闻，把我们都逗笑了。老人的故事太有趣了，所以我都没空去想那个问题。其实我想知道，是因为那次出差所以不在家吗，还是另有什么原因呢? 罗莎奶奶的胃口空前好，姨妈一直在笑，所以没得空像平日那样喝很多酒。每次上菜的时候，米田阿婆都会对着盘子双手合十，米娜不停嘴地在说着"爸爸，我跟你说，爸爸……"。

起初，我很担心弄错刀叉的顺序或是使用的方法有问题等等，但是渐渐被桌上摆的自己从来没有吃过的，甚至不敢想象的珍贵菜肴迷住，顾不上什么餐桌礼仪了。最让我惊讶的是，看到服务生端出的用巨大的碗状铜盖子盖着的肉食主菜的时候。那东西像极了光照浴室里的那个旋转灯的灯伞。服务生们互相递了个眼神，一齐掀盖子，每个人掀起两个盖子，并夸张地将盖子举得高高的。我不知道这盖子的作用是什么，是为了给菜保温，还是为了到吃的时候才掀开，给大家一个惊喜？但不管怎么说，这道"红酒松露煨羔羊"非常好吃，好吃到不禁让人怀疑世间竟有如此美味。

吃完甜点野莓果冻冷糕后（姨夫把自己的分成两份，分别给了我和米娜），罗沙奶奶和米田阿婆为大家唱起了歌，米娜弹着钢琴伴奏。

她们并肩站着，身体几乎挨在一起，向大家鞠了个躬。然后，好像在平静心绪似的盯着地面，等待着前奏。

不知她们是什么时候、在哪儿排练的，从第一个音开始，两位老奶奶的声音就毫不走调地默契配合，融为一体。我万万没有想到，她们唱歌这么好听。她们演唱了《海滨之歌》《沙屋的小人》《流浪之民》《荒城之月》。有德国的歌曲，也有日本的歌曲。米田阿婆优雅地打着节拍，丝毫看不出她平时一边发着牢骚一边干活时的匆忙。罗莎奶奶歌声洪亮，根本不像是个拄着拐杖、腿脚不灵活的老妇人。两个人通过偶然的目光对视或者肩头传递的体温互相交流情感。虽然外观相反，声音却是一个。

我心里想，她们两个人就像是双胞胎。这使我联想起了在摆满双美人系列化妆品的房间里，罗莎奶奶给我看她和伊尔玛姐姐旧照时的情景。我想，能合唱得如此完美，她们两个人一定是双胞胎。

唱完最后一支歌曲后，大家报以热烈的掌声。就连此前一直待在厨房不知什么时候出来的厨师和专心为我们服务的服务生都使劲鼓起掌来，朝我眨眼的那个服务生尤其用力地鼓掌。我偶尔朝窗户一看，发现妞儿站在露台上。它把鼻尖贴在玻璃上，瞧着我们。在这期间，蜡烛一直摇曳着。

那天半夜我去上厕所的时候，发现有光亮从书房透出来。楼下一片漆黑，那般热闹的晚餐已然没有了一点痕迹，

除了从书房门缝里露到走廊上的一道光线外，整个房子里
感觉不到任何动静。

"啊，朋子，睡不着吗？"

姨夫很快发现了我。

"我去洗手间，好像清凉饮料喝多了。"

我走了两三步，进了书房。姨夫穿着宽松的睡袍，坐
在桌前，在忙着什么。我马上明白了，他是在修理损坏的
物品。

"谢谢您今晚的款待。"

"你喜欢吃吗？"

"当然喜欢了。看什么都特别吃惊，眼花缭乱的。"

桌子上摆着拆开了底座儿的搅拌机、各种零件以及工
具箱。姨夫手里拿着螺丝刀，正在查看底座内部。

"奶奶和米田阿婆的歌唱得真好听。"

"是吧？我也是她们二重唱的粉丝呢。"

姨夫的目光没有从搅拌机上移开，但也没有让我觉得
自己在那里打扰了他。

"啊，这根线烧断了。"

"能修好吗？"

"嗯……恐怕够呛。"

无论在哪里做什么事情，姨夫都是那么潇洒，就连随意系着的睡袍带子都那么好看。

"项链和铅笔呢?"

"那些好办，不过，搅拌机稍微有点费劲。"

听他的口气，好像很享受这种麻烦。

"姨妈呢?"

"已经睡了。"

卧室就在隔壁的东边房间。从阳台望去，只看到卧室一片漆黑。

"我一直担心，桌子上放不下需要修理的东西呢。"

"不会的。东西不是经常坏，而且，桌子也够大。"

我注意到书房的沙发上铺着床单，还有毛毯和枕头。

原来姨夫不在卧室睡觉，而是一个人睡在这里。

"搅拌机修好了的话，米田阿婆一定很高兴。"

我尽量不看沙发说道。

"明天，它就能重新干活了。"

"晚安。"

我关上书房的门。

"晚安。"

背后传来姨夫的声音。

十四

米娜真正对我敞开心扉，应该是从给我看"火柴盒之盒"开始的。当然，以前我们关系也很好，但是我感觉在不断变得亲密的过程中，是"火柴盒之盒"给我打开了最后一扇门。

在所有的家人朋友之中，只有我知道这个秘密。在那个偌大的芦屋的家里，藏着很多小盒了这件事，只有我和米娜两个人知道。

"哎，你想看吗？"

我们在米娜房间一起编织东西的时候，她突然停下手里的活儿问我。

"你要愿意的话。"

米娜不像平时那般自信满满、说话干脆，显得顾虑重重。她开始慢慢地把床向墙边推去。床看起来很重，于是，我也帮着推。不一会儿，床下出现了无数个盒子。

盒子都很小，可以放在双手上。外观、形状、材质各不相同，摆在一起，几乎占满了床下的空间。此前，我根本没有想到，在我们时常一起坐着、躺着的床铺下面藏着这些东西。看样子，床被移动过很多次，地板上都留有划痕了。

肥皂、成套信笺、创可贴、香水、巧克力、手帕、纽扣……这些盒子的前住户也是丰富多彩。因用途不同，盒子的形状也自然各不相同。有的盒子，一看就知道装过高级的外国货，也有的盒子很粗糙，留着也没什么用的感觉。不过，无一例外全都是盒子。

米娜不安地观察着我的反应。我应该怎样夸赞为好呢？是称赞盒子的数量呢，还是丰富的种类呢，还是堆积起来的整体形状呢，我无法判断。这比我第一次见到妞儿的时候，还要难得多。

"你可以随便打开一个看看。"

米娜对我说道。听她的语气，仿佛只有我一个人才获得了特殊的许可，我立刻明白，这些都不是空盒子。

我拿起了一个离我最近的红色花纹的盒子。原来大概装的是糖果什么的，盒子中间粘着一个小贝壳，我捏着贝壳打开了盒子。

然而盒子里没有任何可以让人联想到糖果的东西。没有包糖果的蜡纸，或是介绍点心由来的便签，糖果的甜香等等。盒子底部只放着一个火柴盒，就是米娜时常带在身上的那种普通火柴盒。

"你再仔细看一看。"

我们两个一起往盒子里面望去，米娜的脸贴得极近，我感觉得到有股风吹过她的喉咙。

火柴盒被粘在了盒子底部。里面好像还有火柴，摇起来哗啦哗啦作响。但是盒子里面一片寂静，无论是打开盒盖子往里面窥视，还是摇动盒子都不会被打破的犹如深海一般的静谧。

我想起以前同年级的男生曾经给我看过他的昆虫标本。有金龟子、炸蝉、天牛等等，被注射了防腐剂后，用大头针钉在糖果盒子里。那个昆虫标本盒子也是寂静的。一摇晃盒子，掉了的翅膀或触须也会沙沙作响，不过它们并不知道自己是活着还是死了，只是一动不动地待着。火柴盒看起来也和那些昆虫标本一样。

很快，我便发现了盒子内侧写着什么字。一开始，我以为里面也都是和外侧一样的图案，但是很快看出那是文字，不是花纹。从盖子里面到盒子侧面再到盒子底部，全都密密麻麻地被米娜书写着火柴盒的故事。

"这些盒子里都装着火柴盒吗？"

"嗯。"

"是因为这样放着不会受潮吗？"

"不是，我没考虑过受潮的事。"

"是为了不被米田阿婆发现吗？"

"每个人都知道我喜欢火柴，没必要隐瞒。不说那个了，你先看看这个，是不是很漂亮？"

我的问题好像都没问到点子上，米娜迫不及待地指着放在糖果盒里的火柴盒问我。

这个火柴盒看起来不像是新的，边角有磨损，侧边的红磷条也有划过的痕迹，但是，黄色的商标却色泽鲜艳。商标上印着一只骑在跷跷板上的大象。那是一只漂亮的大象，象牙刺向天空。背景是一片草原，跷跷板被喷上了孩子们喜欢的红色油漆，坐在跷跷板上的孩子们都高兴地摇晃着双腿。当然，大象在下面，孩子们在上面。大象用鼻子卷着一个孩子，把他举向天空。那个孩子就像是受到观众欢呼喝彩的歌剧演员一样，满脸得意地张开双手。卷起孩子的象鼻上，稀稀疏疏地长着几撮儿干巴巴的毛。大象的牙下颚和腹部很松弛，这或许是一头老象。它的头上印着"SAFETY MATCH"的字样。

"是跷跷板大象。"

米娜说道。

"这是一只迷上了跷跷板的大象。"

米娜给我读起了写在糖果盒里的关于大象的故事。

　　大象时常羡慕地看着在草原上玩跷跷板的孩子们。它痴迷于那简单却富有刺激性的一上一下，以及反复发出的不可思议的"扑通、啪叽"声。要是能够如此快速地上上下下，该是多么棒的体验啊。刚刚升到了空中，又落回到地面，接着又被举上了天空。耳朵一定会被风扇得轻快地啪哒啪哒响吧。

　　有一天，大象鼓起勇气，问孩子们能不能带它一起玩。草原的孩子们都很友善，马上就答应了。

　　大象满怀期待地上了跷跷板，四只脚站在红色板子上，虽说比想象的要狭窄，但它并不在意。

大象期待着听到"扑通、啪叽"的声音，也期待着冲上天空。它屏住呼吸，耷拉着鼻子等待着那一刻的到来。但是，什么也没有发生。

坐在大象对面的孩子们露出很抱歉的、很不好意思的、难以形容的表情。有的孩子拼命地向下压着屁股，试图能够翘起一点，但也只是杯水车薪。大象依旧待在地面上，孩子们悬在半空中，无论等多久都是一样。

大象感到悲伤。自从自己上来以后，跷跷板就像被冻住了似的一动也不动，它明白了一定是自己的原因。实际上，就是它的原因。低下头看到陷到土里的红色跷跷板，大象心里满是悲伤。

不一会儿，在秋千、沙坑、单杠那边玩耍的孩子们都聚拢到了跷跷板周围。大象用它引以为傲的鼻子将孩子们卷起来，放到跷跷板上。孩子们都欢呼起来。由于太兴奋，他们又是摆造型，又是做鬼脸。毕竟被大象鼻子举起来的机会，是很难遇到的。

一个接一个地，跷跷板上的孩子的数量不断增加。跷跷板依旧没有被翘动的迹象。挤作一团的孩子们尽可能紧紧地贴在一起，小心注意着不被挤掉下去，他们紧紧抓着彼此的衣角。在这期间，不断有孩子们被陆续放到跷跷板上。

他们逐渐变得不安起来，没有人欢呼或者做鬼脸了。他们感到天空就在自己头顶上，但地面却离自己十分遥远。为了抓住躲在树荫下的孩子们，大象伸长鼻子，露出牙齿，牙齿闪着白光。

孩子们摇晃着双腿，想要下来。此刻能自由晃动的也只有悬在半空中的双腿了。跷跷板上挤满了孩子，连呼吸都变得困难起来。但是大象并没有放弃，在听到"扑通、啪叽"的声音之前，它不断地卷起孩子。

如果在某个地方看到红色的跷跷板，请不要轻易靠近。尤其要小心那些年头较长，一侧陷到地里，没有翘动迹象的跷跷板。那头大象踩在上面，对面是挤作一团的孩子们。他们悬在半空中，再也回不到地面上了。

"讲完了。"

米娜说着，捏着贝壳，合上了糖果盒。跷跷板大象的火柴盒再次回到黑暗之中。

十五

　　米娜这么喜欢收集火柴盒，并非因为喜欢点火。点火比其他人都漂亮是因为火柴盒总是放在手边的结果，并不是原本的目的。其实她爱上的是火柴盒上面画的画儿。

　　那不过是不知能否称之为画儿的小小一幅图案，或许可以说，正因为这个缘故才非常适合她。七岁孩子的小手拿着都松快的火柴盒，既不重也不贵，想看的时候随时可以看。

　　从跷跷板大象的故事可知，虽然只是个火柴盒商标，上面画的风景却是随心所欲的。青蛙演奏尤克里里琴，鸭嘴兽喝下铁锤子，小鸡吸烟斗，还有邮递员乘坐贝壳航海，乌龟和福助①表演踩球，圣诞老人沐浴清泉。素描草图或远近法通通不需要，当然也不存在合不合理一说。这些东西被朴素的线条和色彩印刷在四方形的空间里，仅此而已。

米娜把火柴盒拿在手里，品味着它的小巧，欣赏了侧面磷片粗糙的触感和火柴棍们碰撞的声音、磷火可爱的小圆头，然后挖掘出商标风景里隐藏的故事。就连画出商标画的本人，或是无数使用了火柴盒的人，都没有注意到那些画儿里面隐藏着什么。没有人发现在摇曳的火苗对面，被跷跷板大象卷起来的孩子们在哭泣……

不留意的话，用完之后会立刻被扔掉、踩瘪、最后被火柴烧掉的火柴盒，仿佛为了保护它们的秘密一般，米娜制作了装火柴盒的盒子，并在盒子里面写上故事。演奏尤克里里琴的青蛙有着与其相吻合的词语，沐浴清泉的圣诞老人有着与其相吻合的词语，米娜给他们建造了那个安居的场所。

只要我想看，无论何时，无论哪个盒子，米娜都很痛快地同意我打开看。我们一起窥探盒子里面，有时候她一直静静地等我默读完故事，有时候她自己给我朗读。盒子

---

① 福助，大头小矮人。

里面贴着白纸，从盖子里面到盒子侧面直到盒子底部，全都密密麻麻地写满了米娜的小字。四角的接缝不够严实，因糨糊块儿而出现了鼓包，她都不在乎，只是不断地写着火柴盒的故事。

那些词语连接起来的句子，原本只是一个个单词的聚集，可是一旦组成一篇故事，却变成了舒服的靠垫或是鸟窝那样的东西，包裹着守护着火柴盒，成为它们的床铺。

制作盒子期间，对于米娜来说，恐怕是她唯一出远门的时候。不用再担心低气压、汽油味或坡道，草原也好，大海也罢，她想去哪儿就能够去哪儿。当然，会带着妞儿一起去。她们在小盒子的世界里行进着。

姨夫一回来，客人也增多了，家里变得热闹起来。几乎都是姨夫生意上的客人，他在书房里接待客人。一起吃晚饭的人、带着土仪来的人、夫妻、外国人，各种各样的人。米田阿婆一下子忙碌起来，毫无差池地全都安排得十分妥帖。除了客人外，为了给罗莎奶奶做衣服，从元町的洋货店来了裁缝；想要购买二楼拐弯处挂的油画的画商来了。罗莎奶奶定做了三件夏天穿的长裙；画商遭到了拒绝，遗憾地走了。

那天的来访者，是为了给妞儿检查身体从天王寺动物园请来的兽医。

"哎呀，妞儿，你好吗？好久没来看你，对不起啊。"

好像不这样就无法表达热情似的，兽医用两臂抱住了妞儿的头。

"太好了，妞儿，终于又见到了苦苦思念的情人。"

"嚯，看你高兴得耳朵都在颤抖呢，妞儿。"

姨夫和小林阿伯你一句我一句地拿妞儿打趣。据说妞儿从利比里亚来到 Fressy 动物园时，这位兽医就是它的主治医。但是，从坐在假山上看热闹的我和米娜看来，妞儿的耳朵好像只是由于厌烦才颤抖的。

矮个子的驼背兽医，穿着满是污渍的白大褂，脖子上挂着听诊器。光秃秃的脑袋和妞儿的屁股恰好凑成圆乎乎的一对，在太阳光下互相辉映。

检查很快开始了。在小林阿伯抚摸着妞儿的鼻头，转移妞儿的注意力时，兽医用卷尺测量了各个部位，姨夫把数值一一记录在夹子里的资料上。60.5cm、18.3cm、1.72m、4.8cm。兽医一会儿蹲在妞儿的脚边，一会儿踮起脚尖把胳膊伸到妞儿的背上，说出测量数字，就像裁缝测量罗莎奶奶的肩宽和腰围时一样。姨夫就像确认安全的列车长似的，一一复述数字之后，用圆珠笔记下来。测量部位也包括和健康无关的地方（比如尾巴的长度或鼻孔的间隔等），但是无论什么数值，他们都不放过。

下面是测量体温。兽医拉起尾巴，把体温计一下子塞进了屁股上的窟窿眼里。

"好恶心。"

我不由得出声。

"最准确的测量体温的部位就是肛门哦。"

米娜不以为然地说。

"不疼吗?"

"你看它像疼的样子吗?"

的确，妞儿根本没有注意到自己的下半身在进行着什么，只是厌烦地眨着眼睛，轰赶着飞过来的苍蝇。

测量之后，该听心脏了。兽医趴在地上，顾不上妞儿的口水掉在自己的后背上，从它的两条前腿之间伸进听诊器贴在胸口上。为了不妨碍听心音，我们都不说话。但是，妞儿却好像厌烦了一直老老实实待着不动，开始躁动起来。

"小林阿伯，稍微按着点妞儿的腰。"

趴在地上的兽医说道。

"哪儿是它的腰?"

小林阿伯问。

"大概是这一带吧。"

姨夫指着前后一般粗的臃肿身体中差不多算是腰部的地方说道。小林阿伯和他分别站在妞儿两侧，帮着摁住妞儿的腰。

"凡是生物，腰部都是最要紧的部位。只要抓住了腰部，就不会太折腾了。"

兽医向上翻着眼睛，慢慢移动着听诊器，仿佛在倾听从遥远地方传来的重要信号似的，绷紧耳部神经全神贯注地捕捉着。

不知妞儿的心脏跳动是什么样的声音。大概是很有力的怦怦跳动声吧，就像坚强地承受总是发出呼哧呼哧杂音的米娜的心脏那样，我在假山上面这么想着。这里虽然不是很高，却刮着舒服的风，可以俯瞰整个庭院。我看见罗莎奶奶躺在露台的躺椅上打盹。

"妞儿换算成人的话，几岁了？"

兽医摘下听诊器，开始弯曲妞儿的腿，捏捏脖子周围的脂肪。我向他问道。

"小姐，妞儿和人不一样。这个问题不成立呀。"

兽医一边检查一边回答。

"因为妞儿是按照妞儿自己的时间活着的。"

我和米娜都点了点头。

"好了。我现在要去墓地看看，失陪了。"

结束了检查，确认妞儿除了有点胖之外没有其他毛病后，兽医说道。

"墓地，是什么？"

我问米娜。

"是 Fressy 动物园的墓地。就是那边。"

以前我没有注意过那里。在庭院最东头的工具小屋后面，有一个高高的土堆，四周被大小不一的石头围着。山桃树漏下来的婆娑光影在土堆上面摇晃着。只有一块刻着"Fressy 动物园的朋友们在这里安息"的木牌子，标志着这里就是墓地。

兽医从白大褂口袋里掏出一个苹果，放在墓碑前面，两手合掌祭拜。姨夫、小林阿伯、米娜也跟他一样。我也赶紧学着他们的样子合掌祭拜。不知什么时候跟来的，妞儿从后面插进来，一口把苹果给吞了，发出咔嚓咔嚓香甜的咀嚼声音。这期间，兽医一直闭着眼睛祈祷，脖子上垂下来的听诊器随风晃动。

十六

"第一个被埋在这里的，是台湾猕猴三郎。"

米娜这样说道，抚摸着长了青苔的墓地。姨夫开车送兽医回去，小林阿伯拉着妞儿去池塘之后，我们两个留在了这里。这里绿荫格外浓郁，明明好久没有下雨了，地面却是阴湿的。从重叠的树枝间隙，可以窥见自然生长枝繁叶茂的斜坡和远处人家的屋顶。

"好像是 Fressy 动物园关闭前不久，昭和十五年（1940）的时候，我出生很久以前的事。"

"因为得病？"

"不是，是事故。"

一边扒拉开妞儿吃了一地的苹果皮，米娜一边说道。

"到这边来。"

我们拉着手，从工具小屋后面沿着东边的石墙走去。

"你看，这里。"

我低头朝米娜指着的脚下看去，完全生锈的茶色铁轨和腐朽得看不出原形的枕木样东西，在杂草中隐约可见。

"Fressy 动物园开门的时候，院子里还跑小火车呢。现在的便门曾经是动物园的入口，从那里乘坐小火车，一直往前去，到了拐角往右拐，穿过假山后面，最后到达妞儿所在的池塘，可以享受到这样愉快的小旅途。当然了，列车长是三郎。它在最前头的座位上拉响发车的钟声。头上戴着有帽檐的帽子，帽子上有星形徽章，那是 Fressy 饮料的商标。"

果然看见断断续续的轨道一直延续到便门口。在便门旁边有个破旧的四方形小房子，以前我以为只是放杂物的地方，现在重新仔细观察，被削成半圆形的窗户残留着曾经是售票处的影子。窗户的上方，有一块地方喷漆的颜色很暗，留着钉子眼儿——估计是曾经挂着"欢迎来到 Fressy 动物园"或是"门票：大人五日元，儿童免费（含小火车乘车票）"的牌子。

"小火车是仅次于妞儿最受欢迎的项目。三郎当嘟当嘟地一敲钟，小火车哐当一声发动时，孩子们简直高兴坏了。其实速度慢得和快走差不多，孩子们却仿佛在天上飞一样兴奋。大家都想摸摸三郎，大人们都说：真没见过这么聪明的猴子啊。小火车驶出后不久往右拐去，渐渐能看到池塘边的妞儿后，大家情绪越来越高涨，发出了欢呼声。所有人的眼睛都盯着妞儿看。不过，无论客人们多么兴奋，三郎都是非常冷静的。眼睛直视前方，确认快到终点时，再次拉绳敲钟。小火车刚一停下，人们便一齐跑向妞儿，没有人再回头看三郎了。"

"是嘛，看来还是河马比猴子更稀罕啊。"

"不过，三郎并不闹别扭什么的。它喜欢小火车，而且和妞儿是特别要好的朋友。它很清楚自己在 Fressy 动物园必须完成的任务，是个很有责任感的猴子。"

我们分开脚下的杂草，从售票处开始沿着轨道往前走。以轨道的标准而言实在是太窄太不安全，一半埋在土里，让孩子们疯狂的辉煌时代已经毫无踪影了。

"那天就像今天一样天气晴朗，是一个初夏的星期日。"

米娜继续说下去。

"那天小火车也是满载乘客。吃糖球的孩子，拿着气球的孩子，背着婴儿的妈妈，所有人都兴高采烈的。三郎帽子上的徽章，在阳光辉映下分外耀眼，它拉响了出发的响亮钟声。可是，出发后没有多久，三郎就发现了异常。感觉轨道的震动和吹到脸上的风与平时不一样。对，铁轨坏了。这里是向南倾斜下去的，所以如果刹车不灵的话，速度就会越来越快。客人们都没有意识到有问题，反而喜欢开得快的感觉，更高兴了。当然车上还有一个司机，这个司机不是猴子，是临时雇来的青年人。他拼命拉制动闸，可是小火车丝毫没有减速。这样下去，就会狠狠地撞到拐角的山桃树上的。临时雇来的青年人跳下车，打算用自己的身体阻止小火车，就在这时，有人比他早一步采取了行动。它就是列车长三郎。"

"后来，怎么样了？"

我紧了紧握着米娜的手。她的手就像果冻那样柔软，仿佛稍微用点力就会融化似的。

"三郎躺在了车轮和铁轨之间。小火车从三郎的肋骨和内脏上碾了过去，这个摩擦力使小火车停下来了。就在这里，现在成为墓地的山桃树下面。"

太阳开始西斜了。但是覆盖庭院南边的草坪还没有失去光辉，花坛的蔷薇藤架下面的长椅和两座高塔的尖端都充分沐浴在夕阳之下。只有延伸到我们脚边的轨道沉入荫翳的深处。

罗莎奶奶仍然一动不动地躺在露台的躺椅上，看样子还没有睡醒。刚才被小林阿伯带回去的妞儿，不知是回自己的窝了，还是潜入池子里了，看不到它的身影。

"只有它的帽子毫发无损。三郎最喜欢的列车长的帽子从它的头上掉下来，在地上骨碌碌滚着。爸爸那时候十二岁，抱着三郎哭了三天。那个帽子现在和三郎埋在一起了。"

我们一直握着对方的手，感觉这样可以更好地分享对台湾猕猴三郎的尊敬之意。微风吹来，米娜的头发飘动着，散发出甜香。那是清凉饮料、奶松饼、糖浆味儿的哮喘药混合起来的气味。

"不光是爸爸，大家都以各自的方式伤心呢。山羊没有了奶水，孔雀不开屏了，大蜥蜴早早冬眠了似的一动不动的。还有妞儿，那样能吃的家伙，三天没有吃东西。爷爷在这里建了个墓地。或许可以说，自从三郎死后，Fressy动物园就一蹶不振了。因为事故之后，小火车就废止了，不久动物园也结束了它不到两年的短暂生涯。"

米娜讲完后，池水出现涟漪，妞儿浮上来了。它把前腿搭在池边，慢腾腾地从水里出来，使劲一摇头，把水滴摇落。

"米娜，米娜。"

远远听到有人在喊。回头一看，姨妈斜穿庭院跑过来，手里拿着外套。

"你们原来在这儿呀，找了半天。"

姨妈气喘吁吁的。

"有事吗?"

"起风了，穿上这个吧。"

"不用这么急着送来，没事的。"

"去光照浴室暖和暖和比较好吧。"

姨妈根本没留意这里有动物们的墓地，搂着米娜给她穿上了外套。

"嗯。"

米娜默默地顺从了。

"好了，朋子也一起回屋里吧。"

我低着头，再次朝三郎的帽子滚落的地方看了片刻。

第二天米娜犯了病，一个星期没有去上学。

老师公布了上中学后第一个期中考试的复习范围，我努力复习功课。

雨接连下了好几天。

背诵英语单词和社会年号的时候，我偶尔往窗外一看，米娜对我说过的各种各样的动物仿佛出现在雨帘那边。登上跷跷板的大象、展翅开屏的孔雀、敲响小火车钟声的台湾猕猴三郎，都以湿润的轮廓呈现出来又消失不见了。不过，真的在那里的只有妞儿。

隔着墙壁，不时听到米娜的咳嗽声。

期中考试结束那天晚上，姨夫又出门去了哪里，没有再回来。搅拌机在厨房，珍珠项链在罗莎奶奶的脖子上，自动铅笔在米娜的铅笔盒里，书房的桌子上又被收拾得干干净净了。

十七

"《睡美人》，觉得怎么样啊？"

高领毛衣先生看到了我，立刻向我问道。自从办理借书卡借了《睡美人》之后，我几乎每个星期六下午都来芦屋市立图书馆，但是不凑巧，一次也没有见到高领毛衣先生。那天看到他在柜台里，想等着他发现我，便装作若无其事地在他前面来回走动。

"很好，是一本非常有趣的小说。"

一旦事情按照预想的发展，自己反而慌了神，我小声回答。已经六月份了，他虽然没有穿高领毛衣，但拿书的动作和被吸入高高天花板的声音都没有变化。

"是吗，太好了。我还担心会不会你本来不想看，是我非要推荐给你呢。"

"怎么会不想看呢。"我摇摇头。

"真的?"

"当然了。我觉得确实是有点怪异的书。因为除了老人之外，出场人物只有一个一句话也没说的女人。不过，我懂了。这个老人是在进行死亡训练。在一个喝了药、差不多死了一样的年轻女子旁边度过一个夜晚，就如同在棉被里和死人一起睡觉。老人想要通过这个方式亲近死亡，为了那个时候，不会吓得逃跑……"

为了让高领毛衣先生知道，丝毫没有必要担心我不喜欢看，我东一句西一句地补充着。

"居然有能够体会怕死的老人心境的中学生，太让人吃惊了。"

高领毛衣先生俯下身，从服务台里面瞅着我的眼睛微笑了。松散的头发垂到额头上。他的微笑不是在哄孩子，而是充满敬意。

"像你这样聪明的少女来我们图书馆借书，非常令人自豪。"

我低下头，知道高领毛衣先生仍然看着我，借书的人们在背后的书架之间走动。

请不要这样看着我，我在心里重复着。我不值得你赞美的，只看了一页就看不下去了。刚才所说的全都是米娜说的，那是米娜告诉我的感想，我只是在鹦鹉学舌而已。真正配得上你的微笑的少女是个还没有上中学的小学生，住在山上的洋房里。所以，拜托了，请不要这样看着我，求你了。

"今天想借什么书，已经定好了吗？"

高领毛衣先生问道。我终于抬起头，从手提袋里拿出米娜事先给的便条。

"想好了，想借凯瑟琳·曼斯……曼斯菲尔德的《游园会》①。"

"是一本很不错的小说。你去那边的英美文学架子找找看，肯定有曼斯菲尔德的短篇集。"

高领毛衣先生伸出胳膊，指着那个方向。没想到他的

---

① 凯瑟琳·曼斯菲尔德（1888—1923），二十世纪英国著名的短篇小说作家。《游园会》是一部成长小说，讲的是谢尔登一家要举行茶花园会，萝拉沉浸在举办游园会的幸福之中，突然得知邻居斯考特之死，心中起了不小的波澜。曼斯菲尔德从小萝拉的角度出发观察生活，让这双不带偏见的眼睛去看成年人固守的戒备森严的价值观，看到了生活中除了她所熟悉的舒适和美好外，还有死亡和悲伤。

胳膊很长，粗壮的手指与瘦瘦的身材不太相称。

"谢谢！"

我道了谢，朝他指的方向小跑过去。

自己来借的书，还要看便条才知道，而且说作者的名字时还结巴了，他会不会觉得奇怪呢？能够理解川端康成《睡美人》的女孩子，居然这样没有自信，扭扭捏捏的，他没有觉得可疑吗？我仿佛要躲进英美文学架子之间一般溜了进去，不禁对米娜有些怨恨，干吗要看这个名字难记的作者的作品呀。

请不要觉得奇怪，我在心里请求着高领毛衣先生。你没有错。我只不过是跑腿的，可以不必在意我。看了《睡美人》的少女，正如你认为的那样是个冰雪聪明的女孩子。请发自内心地为你的眼光感到自豪吧。

我很快就找到了曼斯菲尔德的书。

连自己都不明白，为什么一到高领毛衣先生面前，我就这样一个劲地请求呢。

在光照浴室里玩"狐狗狸①"的时候，我差一点把高

① 狐狗狸，日本的一种占卜法。

领毛衣先生的秘密告诉了米娜。

虽然并非决意不告诉她，但不知不觉就忘说了。我预感到要是把高领毛衣先生的事告诉米娜的话，自己要撒更多的谎。而且，以米娜的性格，对于图书管理员的赞美，想必也不会天真得喜形于色的。

在白纸上画上很多格子，把五十音图①填写在格子里（这张纸叫作祈祷纸），一边念叨着"狐狗狸，狐狗狸"，一边用食指移动五日元硬币来占卜。这种狐狗狸玩法在冈山小学里特别受欢迎，没想到芦屋这边的人也同样喜欢玩。而且米娜在学校里还是最会玩狐狗狸的。

没有比光照浴室更适合玩狐狗狸的地方了。在冈山的时候，我们大都选择比较有那种气氛的理科准备室或采买部的仓库。但是，这些和光照浴室都无法相比。这里不用担心大人干扰，外面的噪音一概听不到，而且最棒的是，这里处在米娜点的灯光的照耀下。

光照浴之后，我们俩立刻开始准备玩狐狗狸。橘黄色的光照熄灭之后，要过一会儿眼睛才能适应，四周一片灰蒙蒙。但是，很快，煤油灯的光亮照出了墙壁瓷砖上的伊

----

① 五十音图，日本假名字母表。由五十个音节构成，五行十列。

斯兰图案。我们就穿着吊带裙子，面对面端坐在床铺上，打开祈祷纸。

这件白色吊带衬裙也很有效果，感觉自己仿佛变成了脱掉多余的装饰、在狐狗狸面前膜拜的通灵女巫一般。

祈祷纸是米娜制作的，起毛的折叠处和被五日元硬币磨薄的文字，都说明在这张纸上曾经进行过了多次祈祷。米娜在位于祈祷纸中心的五角星形的空白部分——祈祷区内放上了五日元硬币。

"现在，请允许我开始吧。"

米娜在胸口合掌，坐直上身，施了一礼。她用标准口音模仿大人口气，营造出的气氛更神秘了。

"首先，由朋子向狐狗狸大仙询问自己内心最重要的问题，好吗？"

"好的，请多关照。"

我也学着米娜的口气回答。

米娜将食指放在五日元硬币上，然后我把我的食指放在米娜的指甲上面。

"不行不行，必须九十度角重叠。"

米娜用关西腔提醒我。

"什么？在冈山没有这个规定啊。"

"冈山和芦屋的狐狗狸不一样。不保持九十度的话，灵气就逃跑了。明白了吗?"

"嗯，明白了。"

"那么，重新开始。"

虽说刚沐浴了光照，米娜的指甲却是冰凉的。紧紧闭着的嘴唇、不眨眼的眼睛，平日可爱的孩子仿佛变了个人一般，充满了紧张的气息。摇曳的灯光，描绘出了覆盖她后背栗色微波一般的头发。

"狐狗狸，狐狗狸，狐狗狸，狐狗狸……"

米娜的祈祷沿着瓷砖地面，被吸入了房间里昏暗的各个角落。这时，手指尖的触感逐渐远去，身体中好像只有食指突然变轻了。紧接着五日元硬币和两个人的手指无声地在祈祷纸上滑动起来。

五日元硬币先是停在了"と"上，然后是"っ"、"く"、"り"。之后灵气仿佛突然没有了似的，迷失的五日元硬币回到了祈祷区里。

"'とっくり'是什么? 是'こっくり'读错了吧?"①

———————————

① "とっくり"，前文提到的"高领毛衣先生"的日语假名写法；"こっくり"，"狐狗狸"的日语假名写法。

米娜马上松懈下来，很纳闷似的抱起了胳膊。

"嗯，是呀。因为'と'和'こ'都在第五列，① 离得很近的关系吧。你瞧，你说要保持九十度，我一心想着这个，所以心里已经被狐狗狸充满了，肯定是这样。"

我赶紧解释。

"难得玩狐狗狸，得出的结果却是狐狗狸，多没意思呀。"

米娜还是不满意。

"下次我来给你祈祷吧。米娜最大的心事是什么，好，快说吧。"

我催促她。

下一个五日元硬币显示的祈祷是"す、い、よ、う、び"②。

"'星期三'呀……"

我也不解地念叨着。

---

① "と"和"こ"，在日语五十音图中均排在第五列，"と"在第四行，"こ"在第二行，挨得较近。
② "すいようび"，日语"星期三"的假名写法。

十八

　　那个时候在光照浴室里玩狐狗狸时得到的几个回答，我至今仍然记得。将来自己从事的工作、结婚对象的名字、生几个孩子、生活的地方……不过现在看来，这些都不准确。

　　米娜真的相信狐狗狸的存在吗？对于米娜——拥有着不像是小学六年级学生的洞察力和想象力，并以此保护自己柔弱身体的米娜来说，即便是狐狗狸之类无聊的游戏也无所谓的。

　　但是，我认为她至少是承认狐狗狸存在的。她那穿着吊带裙时的奇妙样子应该不是假的，而且操作祈祷纸和五日元硬币的手势中也充满了敬畏之念。一定是有什么看不见的东西悄悄潜入光照浴室里，倾听我们两个孩子的悄悄话。即便得出的结果是荒谬的也没关系，米娜相信它就是狐狗狸。

既然如此，为什么只有和米娜一起第一次玩狐狗狸时的那个结果才是准确的呢？"高领毛衣先生和星期三"。这个回答对我们意味着什么，虽然立刻明白了，彼此却都不告诉对方。最后归结为，也许是由于冈山和芦屋的灵气混合在一起，硬币才没有正确地移动。不过，那次的确是唯一准确的回答。

光照浴室里的狐狗狸，或许并不是有求必应以此来炫耀自己多么灵验的傲慢神灵。关于将来夫君的名字或生几个孩子等等不知道也无关紧要的事情上，它随意糊弄我们，只告知我们在未来的任何时刻都不该忘记的事情。它深思熟虑，轻轻地触摸着我们的小食指……

解开"星期三"的谜团，是在我和米娜帮着米田阿婆一起烤面包那天。面包一般都是国道边法国师傅开的面包店用运货车送来的。但是，有幸得到益生菌时，米田阿婆就自己烤面包。

我非常喜欢米田阿婆的厨艺。既精细到分毫不差，又大胆不羁，兼具朴素与可爱，与她的身姿一般凛然抖擞的各种料理：大馅儿煎蛋卷、烤花柏嫩芽、炸包子、含羞草沙拉、玉筋鱼的串烧煮、肉馅丸子汤、栗子饭、龙田油炸鲸鱼肉①、羊羔肉馅饼……如今想来，不仅是每一盘的味道，从装盘式样到盘子的图案，都历历如在眼前。虽然没有六甲山饭店的厨师做的晚宴那么绚烂，但是米田阿婆的菜里蕴含着温暖。就连暑假时经常给我们做的漂浮在冰水上的冷面里，都能感到来自她内心的温暖。

我更喜欢的是和米田阿婆一起做菜。在冈山有时候我会代替妈妈准备晚饭，当时只觉得是一件麻烦的活儿。可同样是做菜，米田阿婆一上手，它立刻变成了美的发现，或是才智的展示。

厨房宛如一应俱全的精密仪器工厂一般宽敞，从朝东的飘窗射进来的阳光非常明亮。"L"字形的操作台是擦得锃亮的不锈钢材料，煤气炉、烤箱、冰箱都是德国制造的，正中央有个宽大的操作台，大理石面滑溜溜的让人想把脸贴在上面。

在厨房里，无论多小的抽屉，每个开关、每个调料瓶

---

① 因龙田川的鱼得名，一种用酱油和淀粉腌制后，裹上淀粉油炸的做法。

都渗透出米田阿婆的意志。不单是收拾得整齐有序这么简单，多年来米田阿婆做饭的轨迹自然而然成为一种秩序，形成了厨房的模式。其证明就是，在操作台的角落摊着她正在填写的有奖征稿明信片（参加这个可以说是米田阿婆唯一的乐趣），放在冰箱旁边的炼乳瓶子总是不收进冰箱里（即便特别讲究规矩的米田阿婆，也抵抗不了最爱的炼乳的诱惑，常常吃上一勺）。

这些细微的风景愈加使厨房成了温馨的场所。我和米娜在那里，亲自动手，开动脑筋，学到了感恩大地、沉静心灵最后做出一盘料理的喜悦。

"好，要准确测量。温水的温度是 40℃，益生菌是 $2\frac{1}{3}$ 勺，砂糖是 1 小勺。"

米田阿婆发出了清楚的指示。米娜拿着温度计，我拿着测量勺，紧张地测量。把益生菌加入温水后，观察冒泡的情况是做面包的第一个关键步骤。像沙粒般的益生菌粉，没有经过任何加工，却以砂糖为营养蠕动起来的样子甚至有些神秘。我和米娜一边闻着微微散发出的酸味，一边探头往盆里看，不知疲倦地看个没完。

一般会做菜的人都是凭着自己的感觉做，但米田阿婆不一样。无论什么菜单，她都把最佳比例记在脑子里，一丝不苟地遵守着。

"因为世界是由黄金比例构成的。金字塔就是因为按照这个比例建造的，所以特别结实。不嫌麻烦，遵守比例，做出的菜就好吃。"

这是米田阿婆的口头禅。

在撒富强粉，搅拌各种材料的时候，米田阿婆什么都不动手。她把手插在围裙口袋里，嘴里指挥着我们"不行不行，再慢一点""啊，这个感觉不错"。

一进入下一个关键的程序——揉面团，米娜就立刻来了精神。那样柔弱的米娜，在揉面包坯子时发挥了难以置信的威力。

"好，开始了。嘿，哈，嚯……"

米娜打着独特的号子，踮起脚尖，向操作台探出身子，将坯子往大理石上面砸去。也不顾飞散的面粉使头发成了白色，又是用拳头击打，又是猛地抻开在空中甩出半圆形，再次砸到大理石上。中途，她喘息起来，也许是担心米娜发病，米田阿婆让我替换她。可是无论我怎样不想输给米娜，拼了命地揉，也达不到那般气势豪迈。结果米田阿婆说"朋子小姐，这样优雅可不行"，立刻又被替换了。看样子，米娜就是特别喜欢这样痛快淋漓地折腾一通。

面包坯子放在光照浴室发酵。橘黄色的光线似乎不单对体质虚弱的孩子有用，对于让益生菌活跃也有效。很快，面团就从盆里膨胀出来了。为了检查是否发酵充分，我们三个人分别用食指戳了个窟窿，坯子仿佛证明里面藏着小细菌似的不好意思地颤抖了一下。米田阿婆、我和米娜三个人的指印友好地排列着，摁瘪的地方一直没有还原。这是已经发酵好了的信号。

三个人把面团分成十八份，揉圆后用菜刀划出十字，放进烤箱里。下面就等着冲过最后的难关，发出香味了。等的时候，我们把盆和木铲洗干净，用墩布擦了地。

不知道面包会不会烤焦，我和米娜往烤箱里瞅。这时听到后院传来汽车停下的声音，后门的门铃响了。出现在厨房里的是每个星期从工厂送 Fressy 饮料来的大哥哥。

"你好。"

他穿着有 Fressy 饮料商标的工作服，戴着棒球帽，有着一副被晒得黑黝黝的健壮体格。

"辛苦了。"

米田阿婆好像跟他也很熟悉。青年打开厨房地板下面的收纳库，取出空瓶子的箱子，放进了一箱新的 Fressy 饮料。尽管身体高大，动作却十分灵活，无论是空瓶子还是新饮料，他搬起来都是很轻松的样子。

"你来得正好。刚刚烤好面包，拿几个回去吧。"

米田阿婆说道。刚烤好的面包散发出了香味儿，好闻得简直让人无法相信这是我们的一双小手做出来的成果。

"米娜，用那个口袋给他装三四个。"

米娜按照米田阿婆的吩咐，把刚出烤箱的面包烫手似的装进纸袋里，递给站在厨房门口的青年。她的两手冒着热气，侧脸就像被包裹在了面纱里。

"谢谢。"

青年仿佛把脸埋进了热气中似的道谢。

"不客气。"

刚才气势勇猛揉面团的少女，仿佛变了个人似的，一边发出非常娴静的声音回答，一边不让对方察觉地迅速拂去了沾在头发上的面粉。

青年临走时，从工作服里掏出了一个什么东西递给了米娜，这个场景被我捕捉到了。那是只有他们两个之间才明白的信号啪地闪过的一瞬间。那个东西，是一个火柴盒。

此时我意识到了一件重要的事，今天是星期三。

十九

回想起来，藏在床铺底下的那么多的火柴盒，米娜是怎么收集来的呢？以前怎么一点也没有觉得奇怪呢？米娜除了骑着妞儿去学校之外，几乎不出门。而且包括我在内，是被禁止身上带现金的，所以更不可能存在大人给了零花钱去芦屋川站前的山手商店街买点心或文具的情况。当然，和卖火柴盒的杂货店也无缘。

那么她是怎样收集的呢？原来是每周的星期三，来送清凉饮料的青年给她带来的。青年负责西宫和芦屋一带，每天卡车上满载清凉饮料，在超市、酒馆、餐馆、咖啡店、饭店等地方挨家配送。在这些地方的后门看到图案少见的火柴盒，便跟人家要来，然后带来送给米娜。

说不定米娜开始收集火柴盒就是起源于星期三的那个青年呢。从他的工作服里偶然掉出来的火柴盒，米娜捡起来，看到标签便迷上了。从此，两个人之间就诞生了这个秘密。

"下次看到有意思的火柴盒，给你带来吧。"

青年大概是这样说的。

每周星期三的傍晚，米娜都会找个借口下楼去厨房。青年送完货回到卡车上之前，把新找到的火柴盒递给她。所有这些，每次都是在后门进行的。

"不一定每周都能找到新的火柴盒。"

米娜并不多谈起"星期三青年"，但是会把收集火柴盒的情况告诉我。

"大批生产的没有意思，所以，我特别喜欢明治大正时期的旧火柴盒，或是出口的火柴盒，那些罕见的商标。"

"那么，星期三青年很不容易啊。"

"有时候一连好几个星期都是零收获，有时候一次得到三个，各种情况吧。最近各个送货点遇到别致的火柴盒，好像都会特意给星期三青年留着呢。"

"哦。"

他和高领毛衣先生是不一样的类型。虽然很有礼貌，却有点认生，不言不语的工作态度甚至可以说有些粗鲁。他和白色高领毛衣很不相配，倒是脏兮兮的工作服和有泥点的运动鞋更适合他。不过，他拿着因热气而潮湿的纸袋大口吃面包的样子，不知怎么总是令人愉快地浮现在我的脑海里。

星期三青年把火柴盒递给米娜后，便上了卡车，头也不回地开出了后门。而米娜仍然站在夕阳笼罩中的厨房门口，过了片刻才回去。米田阿婆根本不注意我们，忙于准备饭菜。米娜在掌心充分感受了新火柴盒之后，才放进口袋里。

米娜住院了。一进入七月，低气压不断袭来，阴雨连绵，大概是这使她犯了病。依然是半夜发病，小林阿伯开车送去医院，但是第二天早晨并没有回家，而是住了一段时间医院。

不过，对于芦屋家的人们而言，这并不是特别值得惊慌的紧急事态。换洗衣服和洗漱用具等住院需要的东西，都事先准备在包里了，除了每天姨妈去医院照料她之外，生活的节奏没有明显的变化。

第一学期的期末考试结束那天，午饭之前就放了学，我搭着去送饭的小林阿伯的车去医院看望米娜。米田阿婆每天给食欲不好吃不下医院伙食的米娜和照料她的姨妈做便当，小林阿伯每天多次在家里和医院之间往返。

去位于神户东滩区的甲南医院，开车大约二十分钟。下山后，沿着国道往西行驶，然后从御影附近再往北进山。坡道和芦屋差不多，很陡。途中经过一个池塘边，再往山上开去。

乘坐轻型卡车的感觉当然无法和姨夫的奔驰相比，但小林阿伯开得比较慢，让人安心。也许是因为经常载着病人米娜的关系，他就像抱着猫崽似的小心翼翼地转动方向盘。

路上，小林阿伯一直不说话。并非不高兴，好像是和我这个年龄的小孩子单独待一起，不知道说什么好的样子。

"考试的成绩怎么样啊？"

小林阿伯只说了这一句话。

"还行吧。"

我回答。

开进石砌的门柱后，左边出现了驼色砖墙的外壁。周围环绕着高高的常绿树，是个很有情趣的医院。玄关大厅里的天花板上镶嵌着漂亮的玻璃，候诊室面朝着中庭，但树木的绿荫太浓，阳光难以照进来。

米娜的病房是电梯外，面朝左边长长的昏暗走廊的一个单间。米娜没有精神，裹着毛毯躺着没有动，只是目光朝我们看似乎就已经很费劲的样子。她的脑袋下面垫着冰枕。哮喘病虽然好了，但是之后又发了烧，还没有退烧。姨妈坐在床边的长椅子上。

"每天让你送饭，辛苦了。"

姨妈说着从小林阿伯手里接过便当包袱，向我问道：

"朋子，考试情况怎么样？"

大家都很关心我的期末考试，我只能回答"嗯，还行吧"。

米田阿婆的便当非常棒，有三明治、苹果沙拉和菠萝果冻。三明治里夹的料都不一样，分为火腿、奶酪、金枪鱼、鸡蛋、草莓酱，都切成可以一口吃下去的大小，包在不同颜色的玻璃纸里。苹果沙拉装在可爱的花纸杯里，菠萝果冻用模具做成五角星形状。总之，能看出米田阿婆为调动米娜的食欲着实费了一番工夫。

"我去热下牛奶。"

姨妈从床边的冰箱里拿出牛奶瓶，拿着小锅去了走廊尽头的热水间。我回头对小林阿伯说道："我好像把手提包忘在副驾驶座上了，对不起，可以把钥匙给我用一下吗？"

"啊，我给你去拿吧。"

和我预想的一样，小林阿伯走出病房去了停车场。

确认只剩下我们两个之后，我把十分小心带到这里来的火柴盒交给了米娜。是这个星期送货的时候，星期三青年托我给米娜的。

"给你。"

我把它放在了枕边。只是把手伸到米娜身边，就能感到热度。不知是否适合作为看望病人的礼物，反正火柴盒上的商标画的是一个裸体天使，它把缝纫盒放在旁边，缝补自己破了口的翅膀。米娜用浮肿而湿润的眼睛看着它，说了声"谢谢"。那是仿佛即将被喉咙里面呼呼作响的风声刮得听不见一般，柔弱的嗓音。

从病房的窗户可以看到神户街道和浮在海上的油轮。但是，光亮还是太远，米娜的侧脸被包裹在阴影之中。

"星期三青年，很担心你呢。"我说道，"他说祝你早日康复。"

准确地说，青年只是低声说"住院了呀"。但是我看穿了他的话里应该隐含着的祈祷，所以绝对不算是撒谎。米

娜就像在厨房门口那样，抚摸着缝补翅膀的天使，将火柴
盒收进了睡衣口袋里。

临走时，在医院的小卖店里，小林阿伯请我喝了鲜果
奶。也许是由于病房里太热了，喉咙很渴，等不到上卡车，
我们就站在小卖店前的走廊上，打开盖子喝起来。小林阿
伯喝的是咖啡奶。

"偶尔也想喝喝 Fressy 饮料之外的饮料啊。"

我说。

"是啊，嗯，也是……"

小林阿伯嘴里含着咖啡奶的瓶口，声音含糊地回答，
然后咕噜咕噜地喝起来。

往中庭看去，不知何时下起雨来了。安全楼梯、换气
扇、通往地下的斜坡、棕榈树都被雨打湿了。我和小林阿
伯一边看着雨水，一边默默地喝完了鲜果奶和咖啡奶。

二十

　　米娜不在的夜晚，总是很漫长。泡完了澡，我去米娜的房间，把手伸进床底下，取出一个装火柴盒的盒子，看里面的故事。靠着朝南的窗边，只开一个很暗的灯，探索盒子里的世界。对我来说，这样做就意味着祈祷米娜早日出院。

　　每个盒子都很顺从地待在我的手心里。一摇晃它，就仿佛月光在沼泽水面上晃动似的，火柴棍哗啦哗啦响起来。

　　那天晚上我打开的大概是罗莎奶奶给她的香皂盒子，火柴盒的商标上画着两只坐在月牙上的海马。

"唉，我越来越担心了。"

一只海马说。

"没事的。"

另一只海马安慰道。月牙越来越细，现在已经变得就像闭上的眼睛缝那么细了。两只海马互相紧挨着。

"这样下去的话，咱们会掉下去的。"

"你听我说，到了那时候，就跳到那边的蓝色星星上去。"

"什么，去那么远的小星星？"

"肯定是个很不错的地方。"

"你怎么知道？"

"圆圆的，没有一点缺口。"

"如果和你分开了可怎么办？"

"为了不分开，咱们把尾巴紧紧地缠起来。就这样。"

两只海马仔仔细细地把尾巴紧紧地缠起来，都分不出哪条尾巴是谁的了，看起来就像缠绕在一起的毛线一样。

"这回就不用担心了。"

"那是当然。"

两只海马想要看对方，无奈尾巴缠在一起，失去了平衡，差点儿掉下去。情急之间，一只海马用自己的犄角支撑住了另一只海马的下颚。这期间，月牙已经变得快要消失了。

"真想在这里多待一会儿啊。"

"我也是。"

"才三十亿光年啊。"

"那颗蓝色星星上面，肯定还有很多时间。"

"那就太好了。"

一只海马叹了口气。

那个时刻终于来临了。月亮变成了一条直线，不久变成了一串光点。

"准备好了吧?"

"嗯。"

两只海马尽可能深吸一口气，朝着远远的蓝色光点，尾巴用劲往黑暗中奋力一跳。

尽管使出浑身力气跳下去，两只海马仍然像枯叶一样轻飘飘地落下去了。那样紧地连接在一起的尾巴在黑暗中画出曲线，无声地解开了。

海马在海里漂浮着，不知道自己是从哪里来的，曾经和谁在一起过。只觉得过长的尾巴很累赘，也想不起来它以前有过什么作用，每当尾巴被𫚔鱼咬到或是被双壳贝夹住想要慌忙逃走时，却只能像枯叶一般漂浮。

海马之所以总是往上看，是因为想要尽可能离月亮近一些。它特别喜欢眺望透过海水投射下来的月光，仿佛这样眺望的话，自己出生以前有可能看到过的风景就会复苏似的。在那里交谈过的许多话，自己身边的什么人的气息，就会像烤墨纸似的在光线中浮现出来似的。特别是在弦月之夜。

可是，海马依然什么也想不起来，只是永远孤独地在海底漂荡着。

我合上了香皂盒子。庭院里很黑，妞儿的池塘，还有小火车的铁轨、曾经的售票处都看不见了。空中挂着月牙。

躺在病床上的米娜，仿佛和火柴盒重叠起来待在我的手心里，又仿佛在绝对够不到的那个青白色的月亮里。她骑着妞儿去学校，给我讲跷跷板大象的故事，或许全都是发生在三十亿光年远的星星的世界的事情呢。

我把海马的故事放回了床铺下面。原封不动放回原处，不弄乱叠放的其他盒子。

　　其他家人也都以各自的方式熬过漫漫长夜。罗莎奶奶反复涂抹滋养面膜和指甲油，米田阿婆在收拾完的厨房操作台上没完没了地写有奖征文明信片。

　　姨妈在吸烟室里。用米娜的话说，就是"妈妈背着奶奶偷着喝酒的地方"。吸烟室在一层客厅的北侧，据说原来是和客人一起抽烟卷的房间。仅仅为这么个目的的房间，却有着雕梁画栋的天花板，靠墙壁定做的装饰架上的每一件摆设都非常精致。唯有渗透在各个角落的烟油味无法掩盖，整个房间因此而显得寂寞阴暗。

　　"期末考试卷子发了吗?"

　　姨妈问道。

　　"嗯，一样一样发回来了。"

　　我在姨妈对面坐下来。沙发前面的圆桌上，除了烟酒之外，还杂乱地放着书、杂志、词典、书写用具等等。姨妈在喝威士忌，烟灰缸里满是烟蒂，冒出的烟气朦朦胧胧环绕着她。由于在医院里不能随便吸烟，所以她集中到夜晚吸。

　　姨妈无论怎么喝酒都不会醉似的，从来不曾撒过酒疯或是酩酊大醉，就连脸都没红过。总是一个人坐在露台上或是吸烟室的沙发上，一边留心不给别人添麻烦，一边安静地喝酒。

"在工作吗？"

我问。

"怎么会……"

姨妈摇摇头。

"只是在找错别字。"

"错别字？"

"是啊，印刷错别字。不管是书籍还是小册子都行，总之就是找出印刷品里隐藏的错误。"

"找到之后呢？"

"……没有什么用处。"

姨妈又摇摇头，喝干了杯子里的威士忌。

"例如这个，你看一下。"

《土俗信仰——其混沌及其受难》——书脊上这样写着。

"啊，看起来好没意思的书。"

"有意思没意思没有关系，问题是错别字。你看，这里。第319页，'尼姑'成了'屁姑'。"

"啊，真的。'……这个场合，讲述真理的只有一个人，就是屁姑'。"

"屁股僧侣讲述的真理，什么乱七八糟的呀。我真想问问呢。"

姨妈咔咔笑起来，又往杯子里添加了新的冰块和威士忌。

"这本是以威尼斯为舞台的浪漫爱情小说。第 116 页，'……我不想在这样的狂态下见到你。已经晚了，一切都晚了'。"

"状态，发狂了。"

"看来他面临的局面非常紧迫啊，这位主人公。"

"屁姑"和"狂态"都用铅笔画了圈，那页上还夹着书签。

"是怎么发现的呢?"

"没有特殊的方法呀，只是一个字一个字地仔细琢磨着看。"

"花几天工夫研读一本厚书，结果一个错别字也没有发现的情况也有吗?"

"当然，很少遇到错别字。找错别字就像挖掘宝石那样。"

哦，我换了口气。姨妈摇晃杯子，让冰块发出清脆的响声。

"当然，有时候也会遇到和宝石无法相比的平庸的错别字。"

说着递给我的是姨夫公司的广告杂志，第一页上印着坐在总经理办公室里的姨夫的照片。

"这里，你姨夫的致辞中，'Fressy 饮料'变成了'Nressy 饮料'，好像是什么特别难喝的饮料似的。"

姨妈轻轻咳嗽了一声，喝了一口威士忌之后，拿起抽了一半的烟。烟灰飞落在姨夫的照片上，玻璃杯底有水滴滴落。

我回房间途中，看了一眼姨夫的书房。桌子上，新放了两三个损坏物。

二十一

敬启者：

　　恭祝您日益康泰。

　　冒昧给您写信，请原谅。我是很喜欢看贵社出版的书籍的一个忠实读者。

　　我拜读了现代思想史大系第十三卷《土俗信仰——其混沌及其受难》，内容非常充实，读来妙趣横生。只是发现了一处印刷错误，虽然觉得失礼，还是认为应该告知一下，所以寄上此信。

　　319页，第14行，第28个字

　　"屁姑" → "尼姑"

希望今后也继续出版富有教益、格调高雅的书籍。

祝愿贵社日益繁荣昌盛。

　　　　　　　　　　敬上

姨妈一发现错别字，便会给出版社寄去这样的信。回复的情况很少，一般都不被理会，但偶尔也有客气的出版社寄来道歉和感谢的信，还附带送个书签、书皮或圆珠笔等小礼品。

"姨夫的公司回信了吗?"

我想起广告杂志上姨夫的致辞中，'Fressy 饮料'写成了'Nressy 饮料'的事，问道。

"没有。"

姨妈无所谓地回答。

"为了不暴露身份，是以米田阿婆的名字寄出的。没有告诉米田阿婆。"

直接告诉姨夫不就得了吗，我忽然这样想，但没有说出来。

"把最重要的招牌产品的名称写错了，连道歉的清凉饮料也不送一瓶，真是没有礼貌。"

姨妈耸了耸肩。

当然，姨妈找错别字的目的不是为了得到礼品。不过，她也并非是任何微小的错误都不会放过的那种较真个性。

姨妈只是在铅字的沙漠里旅行，想要挽救埋在脚边的一个错别字而已。借用她自己的话，那就是沙漠之海里一颗璀璨的宝石。如果不挖掘出来的话，错别字就会一直埋没在黑暗中，不会被人看到，被踩碎丢弃。这是姨妈不能容忍的。

吸烟室是名副其实抽烟喝酒的房间，同时也是用于沙漠旅行的场所。一天之中，姨妈消磨时间最多的地方就是那里。除了她之外，没有人去那个房间。米娜是担心发病被禁止去，罗莎奶奶是讨厌威士忌的气味。曾经可能是收纳姨夫爱抽的进口雪茄展示架上的抽屉里，如今只有姨妈喜欢的国产烟。姨夫早已不带着客人去那里了。

唯一的例外是我。每当姨妈独自待在吸烟室里时，我就莫名地躁动不安起来，把耳朵贴在门上听里面的动静。也许是因为冈山的父母滴酒不沾的缘故，所以我对于酒精抱有过分的恐惧吧。但是，无论我怎样倾听，门里面也没有一点动静，于是我终于忍不住敲了门。

姨妈一只手拿着秃头铅笔，一边不停地吞云吐雾，一边一粒一粒地挑拣沙子一般盯着每一个铅字。被我打扰，她也没有露出厌烦的神情，只是说一句"哟，是朋子啊"，又立刻回到孤独的探索中去了。她看的既有漂亮皮革封皮的书，也有粗劣的广告手册，这些都无关紧要。对于姨妈来说，最重要的不是自己要去的目的地，而是脚下无数的铅字们。

一把接一把地从手里散落下去的都是没有错误的正确的铅字们，但是姨妈从不放弃，低着头，无数次地把手伸进沙子里。她弯着背，屏住呼吸，连眨眼都忘了，盯着手指前面的字。

我装作没有什么事，只是在这里闲待着的样子，从窗帘缝隙间往外面看或是翻词典，实际上却是非常担忧姨妈。沙漠那么遥远，无边无际，绿洲都是海市蜃楼，除了姨妈之外，看不到一个其他的旅行者。

"啊。"

姨妈突然停下手，抬起头来。

"你看，这里……"

我急忙跑到她跟前，把姨妈指着的地方读出来。

"……他筋疲力竭，瘫倒在地上……"

"'筋疲'应该是'精疲'吧。"

姨妈在"筋"字上画了一个圈，仿佛在抚慰终于留在手心里的那个文字一般，安慰不知是什么人的游魂一般画了一个圈。

想要的话，就能够得到很多真正的宝石，但姨妈寻求的是叫作"错别字"的宝石。能够安慰她的并不是让自己更加耀眼闪闪发光的戒指或项链，而是被置于不起眼的地方的错别字。在姨夫不在家的夜晚，在米娜住院的夜晚，姨妈宛如对待真的宝石一般，郑重地和错别字对话。第二天，她一边祈祷它们能够返回自己应该在的地方，一边将迷路的词语放入信封，投进邮筒里去。

放暑假的头天下午，米娜出院回家了。她的脸色更加白皙透明，虽然从短袖衫里露出来的针眼让人看着心疼，但回响在玄关大厅里的"我回来了"的声音很有活力。罗莎奶奶捧着米娜的脸亲吻着，米田阿婆上下抚摸她，查看还有没有不舒服的地方。米娜忍着痒痒，扭动着身体。

在起居室的沙发上落座后不久，大人们就把我和米娜送进了光照浴室。

"医院里没有光照浴室。住院的时候是最需要光线的时候，可是没法照。特别冷。"

关上光照浴室的门时，我听到在走廊那头，罗莎奶奶对米田阿婆这样说道。芦屋家的人们都相信，不沐浴光照的话，就不能说住院治疗已经结束。

像往常一样，米娜用火柴点着了煤油灯。她那大胆而可爱的动作和住院之前没有任何变化。看到米娜的手指尖燃起火苗，我才感到她确实回来了。商标画的是缝补翅膀的天使。是星期三青年拿来的，我送到医院的那个火柴盒。

"那个故事还没有编好吗?"

我看着天使的翅膀问道。

"嗯，正在考虑呢。不过，拜托护士小姐找了好多盒子呢。消炎针剂的盒子，大小正合适。"

米娜打开电灯开关，转着定时器。

"写完了，给我看看。"

"嗯，当然。"

"这个星期三，很让人期待啊。"

"是吗?"

"是啊! 可能会得到新的火柴盒，而且知道米娜恢复了健康，星期三青年肯定特别高兴。"

"谁知道啊……"

米娜爬上了床铺。

"当然了。"

我这样强调道。米娜对这个话题没有回答什么，只是把奶松饼放进嘴里，喝了口 Fressy 饮料咽下去，说："啊，还是在家里喝的 Fressy 饮料最好喝啊。"

不知住院时发生了什么，米娜出院后突然变成了排球迷。体育课也只是见习为主，按说和运动无缘的米娜，详细地给我讲了日本排球如何强大。好像是在病房里，偶然看到相关电视节目后，就迷上了。

那个节目是以夺取金牌为目标的日本男子排球队的报道——《走向慕尼黑之路》。芦屋家的人们除了听广播外，没有看电视的习惯，小孩子也都是这样。但是米娜出院以后，每周日，一到晚上七点半，我们就端坐在电视机前，看起了《走向慕尼黑之路》。沉醉于排球的一九七二年夏天，就这样开始了。

二十二

　　米娜的排球狂热立刻感染了我。松平康隆教练率领的日本男子排球队里，我最崇拜的是森田淳悟选手。他是和大古、横田并称"三剑客"的主攻手之一，球衣是8号。

　　"谁看了都觉得森田最帅吧。"

　　"怎么，朋子以相貌取人吗？"

　　米娜立刻反驳。

　　"好看的外表在比赛中也能体现出来这一点，我很喜欢。他发旋转球的姿势真是酷极了。这样压低重心弯曲右臂的时候，或者盯着抛上去的球的眼神，或是击球瞬间后背的曲线……"

　　我模仿着发旋转球的姿势。于是米娜说"这时候弯曲肘部会减弱威力的。膝盖要再弯曲一些……"，纠正我的姿势。

　　我和米娜两个人对于日本男子排球队，无论是评论，还是秘密武器诞生的秘闻，乃至时间差进攻战术模式，都自认为没有不知道的。一九七二年时的男子排球队出征慕尼黑奥运会的目标是金牌。一九六四年在东京奥运会上获得了铜牌，一九六八年墨西哥奥运会上夺得了银牌，剩下的只差金牌。松平教练集中了有个性的队员，研究出了以前没有人想到的时间差和快攻战术，试图通过快速精准的排球打法打败体格健壮的外国队。

　　"三剑客"之中，与留着朴素平头、气场超强的大古和总是哭丧着脸进行扣杀的横田相比，森田是各个方面都非常潇洒的选手。侧分的头发无论出多少汗都保持着干爽，特别是仰望抛球时的侧脸非常精悍，在对抗性的比赛中依然散发着知性。我觉得，即便把球场换成图书馆的借书处，森田站在那里也没有不协调的感觉。也许他和芦屋市立图书馆的高领毛衣先生有些相似吧。

　　而吸引米娜的，是被誉为百年不遇之才的 2 号猫田胜敏选手，被松平教练寄予夺金厚望的二传手。不过，她的着迷和我有所不同，我对森田选手就像对偶像歌手那样，而她是将热情倾注到了排球本身。被球队的核心人物猫田吸引，也是这份热情的体现。

"为了成为世界第一，就需要世界第一的二传手。所以，让猫田托球的。"

米娜说。

"猫田，左眼看球，右眼看对手的拦网。得分后，大家都在场内欢喜雀跃地转圈时，只有他的眼睛一刻不离开对方的场内。将当时场内发生的情况全部记在脑子里，瞬间发动下一次攻击。而且实际的攻击者并非他自己，是主攻手。要是他自己打该多么省事啊。可是二传手只能托球，只是默默无闻地托球。"

且不说排球，就连球都没有碰过的米娜，一谈起猫田选手，就仿佛代替他站在网前似的，说得活灵活现。

"猫田托球助攻成功的时候，好像是二传手和主攻手在对话似的，你没觉得吗？两个人的心情通过排球传递合为一体，所以才刺破对方的防线。猫田托的球充满人情味。'拜托你了'，就好像把这样谦虚的请求，朝着主攻手双手递出去一样。"

米娜模仿他托球的姿势。无论语言形容得多么活生生，米娜大病初愈的身体模仿猫田也太柔弱了，她的样子就像在跳盆舞①似的。我默默地点点头。

"嗯，明白。森田打单人时间差的时候也特别漂亮。没有任何阻挡，就像一颗流星般闪过。对了，就和米娜划火柴时一样。就像商标上隐藏的故事在米娜的手指上变成了火苗一样，猫田的愿望通过森田的右胳膊爆炸了。"

我把房间的墙壁当作球网，给她表演单人时间差战术。从跳起来的瞬间，鞋带偶然松开，看出森田制造出的一个人的时间差，是如何以迅雷不及掩耳之势，骗过了对方的拦网手，停留在空中狠狠扣杀，这才是最关键的。可是，米娜好像还是没能理解，要求我修正挥胳膊和下蹲的角度。

电视机放在起居室一角的柜子上。每到周日晚上七点半，我和米娜就端坐在电视机前的地毯上，等着看《走向慕尼黑之路》。虽说坐在沙发上也能看得很清楚，但随着情绪逐渐高涨，越来越兴奋时，身体就变得僵硬，我们两人都会不由自主地跪坐起来。此外也希望通过忍受腿疼的经

———————————————

① 指盂兰盆会舞，日本盂兰盆会节跳的舞蹈，将祭祀祖先灵魂的盂兰盆会祭祀和念佛舞蹈相结合而形成，一般采取沿着高台四周跳舞的形式。

验，多少能够分担一些森田和猫田训练时的痛苦，因此不管多疼都可以忍受。

不知为什么，每次米田阿婆也跪坐在我们身旁，大概是想监视看看孩子们迷上了什么电视吧。罗莎奶奶虽然也坐在沙发上，但让她对这个电视节目感兴趣的，自然不是排球比赛，而是因为节目名称里出现了自己的祖国——德国的慕尼黑的缘故。

《走向慕尼黑之路》是每次以一名选手为主人公，描述他在日本男子排球队里如何成长，为夺取金牌而努力的动画片，中途不时插入实际拍摄的录像片。这种形式崭新而具有震撼力，使我们越来越肃然起敬了。

"这不就是用手打的足球吗?"

虽说节目名称说的是"慕尼黑之路"，却没有出现一点德国的镜头，罗莎奶奶很不满的样子。

"完全是两码事。"

米娜回答。

"哟，只有那个人是矮子。"

米田阿婆想到什么就说什么。

"他是松平教练，是最了不起的人。不是他个子矮，是因为其他人都特别高。"

这回是我回答。但是，不管她们怎样问话，我们俩的眼睛绝不离开电视画面。

"哦，所以才那样威风呀……"

"怎么不像足球那样有个球门呀，那怎么计算得分呢？"

"球落到对方场内，就得一分。"

"必须是有发球权的时候。"

"发球权？"

"奶奶，关于规则回头再慢慢给你讲解，现在什么也不要问了。一两句话根本说不清楚的。"

其实，我和米娜想只有我们两个人不受干扰地看电视，可是电视机只有一台，没有法子。

开始比赛的乐曲响起来了，画面上刚出现穿红白运动服的运动员，我们俩就沉浸其中了。为他们不顾身体擦伤出血，仍然奋力扑救接发球的英姿而深受感动；为他们为掌握一个新技术，一个人留在昏暗的体育馆里不停练习的情景而禁不住泪流满面。

"米娜最喜欢的选手是哪个？"

罗莎奶奶问道。

"2号。"

恰好画面上出现了猫田正在为练习 A 快攻①，一遍又一遍托球的镜头。

"2 号是个老是蹲着的人，是个谦虚的人。"

罗莎奶奶第一次说到了点子上。

"是啊，奶奶。即使不知道规则，只要看 2 号就能明白排球是多么了不起的运动了。"

猫田配合着主攻手的身高和速度，巧妙地调整着托球的位置，朝着只有瞬间机会的最理想的那个点，控制着球的走向。米娜屏住呼吸，一直紧盯着十个手指上仿佛依附着不同灵魂似的猫田的手。

"距离慕尼黑奥林匹克还有 27 天"。

在节目最后，一出现这样一行字，我和米娜便对视一眼，同时吐出长长一口气。日本队一定要夺取金牌。因为经过这样艰苦的训练，必须要夺取。请神明一定要保佑日本男子排球队，让他们的胸前挂上金牌，拜托了……这个念头一旦出现，我们便不知如何是好地发出了叹息声。

---

① A 快攻，又叫"近体快"，指在接近二传手体前或体侧厘米范围内所扣的快球，它节奏快，威力大，具有良好的掩护作用。

二十三

芦屋的夏天,犹如从大海那边飞奔上来似的来到了。梅雨季节刚过,一直被阴沉的天空吸进去了似的大海便恢复了湛蓝的色彩,无论往哪个方向看,都能够用眼睛捕捉到一条水平线了。阳光和风一度下降到海面上,饱饱地吸入海潮香气之后,朝着山麓进发。咦,大海怎么比昨天离得近呢?每当这样想时,就意味着夏天到来了。

"听我说,球场的大小是 18m×9m。差不多从我站的地方到那棵山楂树是长度,大约到那边的庭院灯是宽度。能想象出来吗?"

并排坐在藤架下的长椅上的罗莎奶奶和米田阿婆,一齐点点头。

"正中间是球网，两边各一队，一队各六人，进行比赛。"

米娜说明了球场的大致面积后，又高高伸出双臂，强调了球网的高度。

阳光很刺眼，照得草坪上的一片片叶子光灿灿的。仿佛与它们的闪烁相呼应，树荫下很暗，在草坪上描画出了各种各样的形状。受不了暑热的妞儿，泡在池塘里，只露出脑袋，呆萌地随意漂浮着。清晨叫得那样欢实的蝉和小鸟们也不知道去哪里了，四周寂静无声，只有我们的声音回响着。

"假设朋子是苏联队，我是日本队吧。比赛是从发球开始的。不管什么时候，最开始都是发球哦。发球，就是运动员先走出场外，这样把球抛起来，啪叽一声打到苏联队的场地上去。苏联队要在三次触球之内打回对方的场地。而打回来的球，日本队也要在三次之内打回去。日本队接球后，猫田托球，大古扣球。由于大古的扣球很猛烈，苏联队没有接起来，球就掉在场地上滚动着。这样一来，握有发球权的日本队就获得了 1 分。一局 15 分，赢了三局的一方获胜。"

发球员、接球员、猫田、大古，米娜身兼数职，一个个变换着身份。我的角色则是没有接到球而摔倒的苏联队员。

在没有球网也没有球，只有两个人表演的条件下，讲解起来很有难度。但是为了让与排球完全无缘的两个老妇人也能听懂，米娜用通俗易懂的语言，兼顾整体流程和琐碎细节进行说明，而且说明得很好。

两个老妇人很认真地倾听着。米田阿婆似乎明白了《走向慕尼黑之路》并非庸俗不堪的节目，罗莎奶奶好像已经把画面上没有出现慕尼黑城市的不满完全抛至脑后了。

"发球的人，谁决定呢？"

"只是碰了一次球就被打回来的话，怎么算分？"

两个人时而插嘴提出的问题虽然很简单，却切中要害。罗莎奶奶穿着干爽的西裤和黄色花衬衫，米田阿婆穿的是越发显瘦的手感粗糙的麻料连衣裙。两个人都戴着同样的草帽。石桌上放着装冰块的银色盆儿，里面冰着四瓶Fressy饮料。

"排球比赛中最重要的是，只是发球权来回转换，没有得分的时候。每一局里必然会出现这样的僵持阶段，所以，这个时候绝对不能焦躁，要耐心地等待机会。即使是发球权转换几百次，都不能烦躁，要专心接球。排球就是这样需要耐心的运动。"

"所以，二传手并不只是托球给进攻队员，还必须是球队的灵魂人物。"

"不简单啊，朋子，说得好啊。奶奶们记得住日本男子排球队二传手的名字吗?"

"是猫田，2号。"

两个老妇人用曾经给我们唱二重唱时那样的和声回答。

"对，说得对。"

额头上冒出汗珠的米娜，满意地说道。

米娜和我卖力地表演 A 快攻和 B 快攻①以及时间差战术，同时解说这些是多么独具匠心的进攻手段。太阳晒在我们头顶上，树荫的色彩越来越深，嗅到了甜味似的两只蜜蜂在 Fressy 饮料上方盘旋着。

"朋子，到这儿来。现在是苏联队的拦网，球打回了日本这边。好，猫田迅速托出一个和球网平行的快球。横田跳起来，挥舞胳膊，佯装要扣球。苏联队员被这个假动作

---

① B快攻，又称"短平快"，一般指二传手正面传出速度快、弧度平的球的同时，扣球手在距离其两米左右处起跳，挥臂截击二传手平传过来的球。

欺骗了，跃起拦网。就在苏联队员的长胳膊刚收回去，猫田的托球在没有了任何障碍的网上静止的一瞬间，大古打出了真的扣杀。”

米娜扮演猫田和横田、大古。我扮演苏联队、被欺骗者以及打单人时间差时的森田。无论什么情况，猫田的角色都是绝对属于米娜的。

“看明白了吗？”

她一再朝着藤架那边叮问，每次两个老妇人都上下晃动着草帽点头。只有妞儿对打时间差进攻怎么也提不起兴趣的样子，从水塘里上来后，使劲抖掉身上的水，钻进假山的巢穴里去了。

为了让老花眼的两个老妇人看清楚，所有的动作都必须加大幅度，我们故意夸张地追球、跳起、挥舞胳膊。特别是我，要在苏联队和日本队之间两边跑，非常辛苦。不知不觉我们俩已经浑身被汗水湿透，米娜的无袖衫紧贴在背上，湿漉漉的头发缠在脖颈上。

“下面是 D 快攻①哦。”米娜的口气犹如在奥运会决赛

①D 快攻，又叫“背溜”，是速度快、弧度低的拉开球，有些像背后的平拉开球。

中，日本队面临局分 2 比 2、第五局 13 比 14、苏联队发球的局面似的。

"OK。"我回答。

苏联队发球过来，是个飘球①。发这种球靠的是手腕上的变化，日本队好容易才接起来。苏联队的前排队员，观察着猫田的视线，靠左边站位，准备拦网。猫田弯下身子，去托球。苏联队从网上伸出四只胳膊，想要扣球。可是，就在此时，猫田朝着与自己视线相反的背后托出了球。他的膝盖变成柔软的弹簧，后仰的腰身成了一个弧形，十个手指朝着主攻手奉献出无言的祈祷。看不见的球，擦过看不见的网，向着光滑翔般飞去，苏联队员没有人能追上它。收到猫田祈祷的球沐浴在太阳之下，闪烁着白光。那白光在主攻手的手掌上砰然迸发了。

我和米娜、罗莎奶奶、米田阿婆都默默地追踪着砸到苏联队的场地上翻滚而去的球。裁判的哨声在庭院里回响。

　　妈妈，你好吗？我很好，姨妈他们也都很好。一进入七月，米娜住了十天医院，现在已经没事了，不

---

① 飘球，排球中不旋转、在空中飘忽飞行的球，主要见于发球之中。

用担心。

第一学期的成绩，姨妈说会在信里详细写明寄去东京，所以妈妈看信就知道了。由于按照妈妈的嘱咐，我每天都听基础英语的广播讲座，只有英语的成绩还不错。

还有，妈妈曾经在信里写过，说要给我和米娜买一样的文具或是衣服。那就求妈妈给我买个排球寄来吧。为了打排球玩的白色的球。史努比的铅笔盒或娃娃衫我都不要，就想要个排球。和米娜一起玩。不买那么贵的也没关系……请原谅我的任性。

存够了十日元硬币，再给我来电话。请多保重。

朋子

把给妈妈的信扔进邮筒，回家一看，正好邮递员也来送信了。

"好消息。这可是让人掉泪的大喜事。"

罗莎奶奶扔掉拐杖，高高地举着一封航空信。包括小林阿伯在内，全家人都聚集到了起居室。一看就知道是龙一哥来的信。

"龙一，要回来了。八月的第一天，就从瑞士回来。"

罗莎奶奶不停地亲吻信封，信封上立刻印满了口红印。

二十四

　　八月一日，在瑞士的大学学习的龙一哥回芦屋来了。龙一哥一年多前出发去留学，这是他第一次回国探亲。从一大早，大家就心神不定的，一再看表，翘首以盼。一家人的希望，罗莎奶奶的王子终于回到家时，已是风平浪静、六甲山的山岭被夕阳染红的时分了。

　　不知怎么，姨夫也和他一起回来了。好久没有见面的姨夫，仍然没有丝毫改变。是因为儿子回国自己也回来的吗，还是说他特地到东京羽田机场接的龙一？他一向不在家里，具体和谁联系的，怎样进行的呢？虽然种种疑问在脑子里浮出来，但是在龙一哥面前，这些都变得无足轻重了。

最先和罗莎奶奶拥抱，亲吻。龙一哥的脸上和信封一样满是口红印了。他弯着上身，不让手杖妨碍自己，温柔地搂住老人的后背。罗莎奶奶的身体完全隐没在他的臂膀中。

每个人都以自己的方式享受了重逢的喜悦。姨妈和小林阿伯的喜悦中透露出日本人特有的腼腆，米田阿婆几乎是噙满泪水，还有米娜展现出从未见过的天真无邪，他们确认了彼此的平安。姨夫站在旁边，满足地看着大家。

"你就是朋子吧？"

这是龙一哥对我说的第一句话。

"是的，我是朋子。是的，我是朋子。"

我不能像罗莎奶奶那样跟他拥抱，也不能像米娜那样拉着他的手乱蹦，只是重复着自己的名字。除此之外，我能够说什么呢，在那个龙一哥的面前。

龙一哥的美，不同于姨夫和米娜那种湖水般清澈的美。他更加激情洋溢，有如大地一般强有力。实际上他的头发和眼眸也不是栗色，而是纯黑色的。那黑色让人联想到从大地的深处挖掘出来的黑曜石。

他虽然个头比姨夫稍矮一点，但肩膀很宽，很厚实。

穿着藏蓝色休闲西服，打着领带，很有型，典型的学生打扮。虽然从我不敢想象的那么远的地方回来，却没有丝毫疲惫的神色，西服上连一条褶皱都没有。

姨夫和龙一哥猛一看不太像，但两个人站在一起时，彼此的魅力交相辉映，形成一个大光环照亮了周围。一个人已然足够耀眼，两个人凑在一起，头发、眼眸的颜色、个头或说话语调等不同之处，骤然融合为一，营造出新的美。即便不太像，但这个事实足以证明两个人是父子了。

"谢谢你和米娜成为好朋友。你来这个家，我也很高兴。"

说着，龙一哥向我伸出了右手。无论是多么温暖的手，也不过是出于礼貌的客气。对此，我心知肚明，却抑制不住激动无比的自己。和这样英俊的人握手，怎能冷静得了呢？在新神户车站见到姨夫时，我也特别激动，但姨夫毕竟是姨夫。但是龙一哥，他首先是个非常英俊聪明的青年，其次才是一位有亲缘关系的哥哥啊。

我把自己的右手放在眼前这只晒得黝黑的健壮的手里时，毫无预兆地突然意识到：自己犯了一个无法挽回的错误——没有戴胸罩。

自开学典礼以后，我一次也没有想起胸罩的事，为什么此时，在这样重大的时刻，会想起呢，自己也无法解释。反正我为衬衫下面只穿了一件白色背心的孩子般未发育的胸部感到自惭形秽。我满脑子都被胸罩占据了，根本顾不上露出可爱的笑脸，说出机智幽默的回答，只觉得喘不上气来。

等我清醒过来时，和龙一哥握手的宝贵瞬间，只剩下如同风刮过般微弱的触感，飘然而去了。

我急忙跑回自己的房间，打开抽屉，揪出只在开学典礼时穿过一次后被一直塞在最里面的胸罩。也许是自己多心，比起春天来，感觉它与胸部的契合度好了一些。我谨慎地调节带子长度，好多次把两臂高举过头，仔细确认胸罩有没有往锁骨上方移动。

龙一哥具有米娜所不具备的天资，即健康、朋友多、比起想象更喜欢行动，即便不乘坐妞儿也能够去任何地方探险。

龙一哥的代步工具是具有妞儿所无法比拟的优美外观和速度的银色捷豹。好像是跟一个高中时期的同学借来暑假期间使用的，挺立在车头前面的捷豹商标与他的形象无比协调。

米娜一个劲地询问龙一哥在瑞士学生公寓生活的情况，央求他给她检查暑假作业，拉着他去光照浴室，想方设法延长和他在一起的时间。可是，大多数时候都没能如愿。龙一哥从回国的第二天开始，便为了充分享受短暂的假期，精力充沛地到处跑。"对不起，米娜。作业等我晚上再给你讲吧。"一大早就开着捷豹出门了，我们都睡了也没有回来。他去游泳学校打工当游泳教师，去芦屋公园的网球俱乐部打球，去六甲山玩儿，去三宫看电影，等等，可去的地方多得很。

没办法，米娜只好对妞儿说"比起捷豹来，还是你最乖了"，一边说着一边爱抚妞儿。她还埋头把关于日本男子排球队的报道或照片剪下来，贴在剪报本上。

难得龙一哥白天没有出门的时候，会和朋友们在一起。他们都是穿着整齐、很有礼貌的大学生样子的人，各自带着乐器、唱片或书和照相机。当然也有女的。她们带来的一般都是点心。

"给，这是送给两位妹妹的礼物。"

她们都有着亲切可人的笑容和好听的声音。

即便带来的是米娜最爱吃的芦屋点心铺 A 的松糕，她也不是那么高兴。"好的，谢谢。"米娜的表情很冷淡，声音也不算可爱。而我必定不会忘记说明一句："不，我不是他妹妹，是表妹。"

他们在客厅里听唱片，或是在露台上玩牌，或是坐在庭院的树荫下发呆，很随心所欲的样子。笑声的中心必然有龙一哥。大家对米娜和我都很亲切，但是很显然，那是对幼稚小孩子的亲切，并非认可我们是他们的朋友。即便如此，我们也想尽可能地靠近龙一哥，总是选择不妨碍他们的合适场所，专注于制作剪报本。

"请问，妞儿睡午觉吗？"

对我们说话的是个穿着领口和袖口都有蕾丝边的雪白连衣裙的女子。

"你没有见过妞儿吗？"

米娜手里拿着剪子，问道。

"小时候我来玩过好多次，可是从来没见过它。"

"你是龙一哥的同学吗？"

这次是我发问。

"是的。高中时代一起参加过击剑俱乐部，不过，我是女子部的。"

她身上散发出很好闻的气味。是和圆松饼及 Fressy 饮料不一样的香水味儿。

"白天它总是待在窝里。你看，就在那儿，只露出了
屁股。"

米娜指着假山。

"想看的话，可以带你过去看它。"

"哎呀，太好了。请带我过去吧!"

我们从露台去了庭院，一直走到假山。穿蕾丝连衣裙
的女子躲在我们身后，慢慢地靠近它。妞儿的屁股依然呈
现出滚圆滚圆的存在感。

"不用害怕。"

"她最喜欢让人摸尾巴根儿那块了。"

"这样抚摸就可以。"

"就像画圆圈那样，一圈一圈的。"

在米娜和我的引导下，她照我们说的那样去抚摸妞儿
的屁股。于是，妞儿从她的手下面又喷出那个东西，然后
摇晃尾巴，散了一地。

女子发出惊叫，几乎是同时，白色连衣裙变得不堪入
目。"哎呀，不得了。""妞儿，怎么这么不懂事啊?""没事
吧?"我们俩你一句我一句地安慰她，心里却在表扬比当时
给我下马威时还要厉害的妞儿。

二十五

　　龙一哥回国以来，我夜里常常睡不好觉了。我把唯一的胸罩在浴室里洗了，晾在阳光很好的窗帘杆上之后，便钻进了被窝。可是，自己现在睡觉的这张床曾经是龙一哥使用过的，一想到这儿，就觉得身体里潜入了多余的精力，脑子变得清醒起来。

　　"占了你的房间，对不起。"

　　我这样道歉时，龙一哥若无其事地说：

　　"不要介意，房间多的是。而且，这个不是我的房间。在这个家里，已经不需要我的儿童房了。"

　　难道说有幸降生在漂亮的豪宅里，却不能一直舒舒服服地在那里生活吗？我不禁感到凄凉。但是，不管怎么说，自己和龙一哥共有一个床这个事实是无法改变的，它令我心潮起伏，睡不安眠。

"今天大家一起去须磨海岸游泳吧。"

星期日早上，姨夫宣布。

"今天天气没的说，米娜的身体也没有问题。是吧，米田阿婆？"

在这个家里，只要米田阿婆同意，就什么都 OK 了。

"龙一打工的地方，可以请假吧？"

只有对龙一哥说话的时候，姨夫的语气有些微妙的变化。比起开朗的洒脱来，更多的是做父亲的严厉。

"对呀，暑假一次也不去海里游泳，太可惜了。"我第一个表示赞成。觉得终于可以独占哥哥的机会到来了，米娜也很高兴。龙一哥除了打工之外好像还有别的安排，虽然不太情愿，也没有反对。

大家立刻着手准备。米田阿婆做饭团，姨妈给米娜吃了晕车药，罗莎奶奶从梳妆台抽屉里拿出了海边专用的成套化妆品。姨夫的奔驰车里搭乘了姨妈、罗莎奶奶和米田阿婆，龙一哥的捷豹里坐了我和米娜——没有人指挥，自然分成了这样的组。遗憾的是，只有妞儿被留下了。

天空非常晴朗，可以说是海水浴不可多得的好天气。看不到一丝云彩，只有太阳光普照大地。透过茂密的芦苇，芦屋川的波光时隐时现，六甲山清晰的山脊横亘空中。去须磨海岸，只需一直沿着国道往西开就行了。

奔驰和捷豹一直友好地奔跑着，保持着互相可见的距离。为了确认我们是不是紧跟在后面，罗莎奶奶、米田阿婆和姨妈轮番回头张望，每次我都挥手回应。全家人一起，而且龙一哥开车出游，令我欢喜得不得了。

穿过元町，开了一会儿，刚闻到从敞开的车窗吹进的海潮气味，就立刻看见了松林那边的大海。

"快看，米娜。大海！大海！"

我指着前方玻璃窗外出现的一片湛蓝色说道。但是米娜害怕吸入废气，戴着口罩，还用浴巾蒙着脸，正拼命地和晕车搏斗，一直没有看外面的景色。回答的声音也是瓮声瓮气的，听不清楚。

"废气都排出车外了，所以，戴口罩也没有意义，米娜。"

龙一哥惊讶地说。

"可是，妈妈说，小心无大过……"

从浴巾的缝隙之间露出眼睛的米娜，就像个阿拉伯公主。

"还是那么敏感啊。你还是骑着妞儿去学校吗？走着去不是更健康吗？是吧，朋子？"

突然被龙一哥这么一问，我不知该维护哪一边，"啊，只是，那个，不光是为了身体，还有些场所不骑着河马就去不了的……"我这样含含糊糊回答的时候，两辆车已经到达了须磨海岸。

姨夫和龙一哥分头从各自的后备厢里搬出行李后，在沙滩上竖起了两把遮阳伞，支好了折叠式的沙滩躺椅。海滨上到处是游人，有一家人一起的，也有情侣。我和米娜事先穿好了泳衣，所以不需要去更衣室，只需脱掉连衣裙就行了。我们想要马上下海，但是米田阿婆说"一定要做准备活动"，没办法，只好马马虎虎做了广播体操。

海水比预想的凉得多。波浪刚刚涌到脚踝，就凉得令人缩起了肩膀颤抖起来。海面虽然没有什么浪，但海涛声格外响，还有碎掉的贝壳扎得脚底疼。

不会游泳的米娜，套着救生圈，漂浮在波浪里。我一边留意她不要被冲到海里去，一边游着蛙泳。"不要游得太

远了","有点累，就赶紧上来","小心海蜇"。我们能看见
爱操心的大人们从遮阳伞下面向我们挥手，但是他们的声
音被风吹散，只能断断续续地传过来。

罗莎奶奶和姨妈互相给对方的后背上涂抹椰子油；米
田阿婆打开篮筐开始准备午餐；姨夫和龙一哥没有交谈，
只是默默地望着大海。也许是因为阳光刺眼，我感觉大家
的身影比实际距离要远。只有遮阳伞映在沙滩上的影子很
黑，轮廓则融进了光线里，朦胧不清。洋面上浮出岛影，
渔船往来交错，海鸥成群地在沙滩上休息。

"朋子，一定要守在我身边啊。要是不管我，我就生
气了。"

米娜说。

"嗯，我知道。"

我为了让她高兴，一圈圈转着她的救生圈，或是用海
草给她的肚子挠痒痒。米娜大声地笑着，但是没有放松抓
着救生圈的手。

被海水泡湿的米娜，比在光照浴室里，比发病的时候
都柔弱。海里没有火柴盒，也没有装火柴盒的盒子，没有
妞儿。只有锁骨、背骨、肋骨。这些骨头非常醒目，它们
被一下子曝露在阳光下，显得十分不自然。从松弛的泳衣

里露出来的两条腿，以及覆盖后背的栗色头发都不安地在海水里摇晃着。

"咱们没有被冲走吧？"

"没问题。我抓着呢。"

"肯定能安全回去？"

"当然。大家离咱们很近啊。"

"波光闪闪的，我看不清大家。"

"你想回去了吗？"

"……还不想。在这儿再待一会吧。"

我们就像迷路的海马一样，在海浪里漂浮着。海边的喧闹声远去了，只有海水发出的声音包围着我们。

上岸之后，我们注意着湿漉漉的手上沾的沙粒，和大家一起吃了饭团。米娜怕身体变凉，把能找到的浴巾都裹在身上，结果再次变成了阿拉伯公主。我为了不让龙一哥看到我的平板胸部，随时留意着身体的角度。

"朋子，游得很好啊。"

罗莎奶奶一边伸手拿第三个饭团，一边对我说。由于椰子油涂抹得太多，连她的呼气里都带着椰子味。

"排球也打得好。"

米田阿婆说道。两个人总是戴着一样的草帽。

"真的？朋子参加了排球社团？"

还没有下海的龙一哥，后背上的汗闪闪发亮。

"不是的，我打的是空想排球。"

"朋子最拿手的是发旋转球和打单人时间差。"

米娜从浴巾里插嘴。

"在空想的世界里打球，很复杂的。不是谁都能学会的。"

姨夫就是会夸赞人。

虽然是只有饭团和麦茶的午餐，但是大家都很享受，就和吃六甲山饭店师傅做的晚餐时一样。由于龙一哥也在，大家就更加快活了。满满一篮筐的饭团，有鲑鱼的、梅干的、小鳀鱼干的，不知何时一个也不剩了。

好像只有姨夫和龙一哥互相回避着对方的视线，因此龙一哥才一直眺望大海的。大家都注意到了这一点，却装作没有注意到。海水一点点开始上涨了。

"这样吧。"

龙一哥站起来了。他拂去沙子，指着海里很远的一个小点说道：

"爸爸，咱们比赛看谁先游到那个浮标吧。"

二十六

　　还没等米田阿婆说要做准备活动，姨夫和龙一哥就跑进了海里。两个人朝着标志禁区的浮标，以自由泳飞速游去。从飞溅起来的浪花，我察觉到这个比赛的认真程度超出我的想象。漂浮在海面上的人们都赶紧避让他们。

　　很难看清楚谁占优势。水花反射着阳光，两个人几乎变成了璀璨的一团，无论怎样凝神细看，也分辨不出来。暗红色的浮标在波浪间时隐时现，不规则地摇晃着。奇怪的是，他们那样拼命地游，却怎么也游不到浮标那里。只看见闪亮的一团在逐渐变小，而浮标还是离得很远。

　　"不行！"

米娜突然站起来，从遮阳伞下面跑出来，扔掉浴巾喊道。

"不许去那么远！"

周围的几个海水浴游客不知发生了什么事，回头看我们。

"两个人都会淹死的！"

米娜也不顾这些，朝海里不停地喊叫。

"求求你们了，快回来吧！"

但是，无论米娜怎么扯破嗓子喊叫，也不可能传到他们的耳朵里。

"爸爸和龙一游泳都很棒，不要紧的。"

姨妈摩挲着米娜的后背说。

"男人就喜欢竞争，等结束了就会立刻回来的。"

"是啊，不用担心。"

"还是到遮阳伞下面来比较好。"

我们想要安慰米娜，但没有效果。她踩着浴巾，颤抖着嘴唇，一动不动地站着。看她的背影，仿佛证明她是米娜的那根电路短路了似的，令人心疼得毫不设防。

"他们去了那么远的海里，怎么站得住脚啊？而且海流汹涌，再碰上鲨鱼可怎么办啊？爸爸和哥哥都回不来了。

你看，那样一闪一闪的，变得那么小，眼看就要被海浪吞
没了……"

的确，两个人的身影重合为了一个点，融化在翻卷的
波光里。

米娜哭了。每次眨眼，眼泪便一串串滚落出来，润湿
了被晒红的脸蛋。看她哭泣的样子，似乎连她自己也弄不
清楚为什么会这样。

这是我第一次看到米娜哭泣，也是最后一次。我们一
起度过了多少次怎么哭都不为过的状况啊，就连那种时候
她都忍住了。米娜唯一一次在我前面哭出来，就是那个炎
热的八月的星期日，在海边眺望朝着浮标飞速游去的姨夫
和龙一哥的时候。

姨夫和龙一哥都平安回来了。此时米娜的电路已经恢
复了正常，坐在遮阳伞下面，仿佛什么也没发生似的，平
静地迎接他们回来。她的眼泪差不多都蒸发了。

两个人喘着热乎乎的粗气，湿漉漉的身体很凉。到底
是谁赢了，谁也不知道。姨夫仰靠在躺椅里，龙一哥也不
顾沾上一身沙子，躺在沙滩上。

"太快了，简直像飞鱼一样啊。"

"是啊，真是神了。"

罗莎奶奶和米田阿婆夸赞着，可是还未平复的两个人只是喘着粗气。他们摸到的浮标仍然在远处波浪间一沉一浮着。

回车里之前，我们去了"海之家"，热情的老板娘嘎啦嘎啦地一口气做出了七杯刨冰。如果米田阿婆开刨冰店的话，肯定也会像她这样麻利吧。罗莎奶奶是草莓的，姨夫和龙一哥是甜瓜的，姨妈是糖汁的，米娜是菠萝的，我是葡萄的，米田阿婆自然是炼乳的。

我们坐在苇席遮阳的店头下面的长椅子上，各自吃着不同口味的刨冰。玻璃冰柜里的饮料不是 Fressy 饮料，而是竞争对手的饮料，但谁也没有在意。偶尔刮来舒服的海风，草帽的绸带和屋檐下吊着的灯笼随风摇动。大家纷纷说着"哇，真凉啊"，摁着太阳穴，用小勺嘎啦嘎啦吃着玻璃器皿里的刨冰。

全家人都在，我想。我逐一看着挤坐在长椅子上的六个人，心里想：没事了，谁也没有缺席。

姨妈没有抽烟也没有喝酒，虽然眼睛盯着刨冰店的招牌，却不是在找错别字。米娜忘了自己刚才那样哭泣，香甜地吃着刨冰。罗莎奶奶和米田阿婆，友好地分吃着草莓和炼乳的刨冰。龙一哥从遥远的瑞士，从远处的浮标处平安回来了。姨夫也回来了，现在就在这里，在他应该待的地方，不是在修理损坏物品。

妞儿此时大概热得受不了，躲在阴凉地方午睡吧。不用照料妞儿，也不需要去医院给米娜送饭的这个周末，小林阿伯终于可以悠闲地休息一下了。

我自己呢？也不需要担心。妈妈的地址和电话我都能背下来。爸爸的所在，在葬礼那天，妈妈就告诉我了。妈妈说：虽然比较远，但早晚我们都会去那里，不要害怕找不到；爸爸很贴心地先去一步，给咱们找好地方。

大家一笑，就露出了染成红色、黄色、紫色的舌头。姨夫和龙一哥是一样的甜瓜的黄绿色。全家人都在，谁也没有缺席——我在心里再次重复了这句话，感到满满的心安，用小勺轱辘辘搅动着杯底的刨冰。

龙一哥的暑期转眼间结束，回瑞士的日子到了。临走那天早晨，家里请来摄影师，要在庭院里拍纪念照。打算在草坪上放上罗莎奶奶和米田阿婆坐的两把椅子，大家聚在四周拍照。

　　最大的问题是妞儿。小林阿伯给它仔细清洗了身体，脖子上系了和米娜配套的珍藏绸带。那是龙一哥从瑞士买回来的蒂罗尔绣带[1]，可惜这么可爱的绸带被遮挡在两三层之多的松弛褶皱里了。

　　小林阿伯和其他人都想方设法让妞儿往前看。

　　"听话，好孩子。要看着那个黑色的四方盒子啊。"

　　"拍完之后，给你吃苹果、西瓜，想吃什么都行。"

　　"是啊。就忍一下，坚持一下，妞儿。"

　　龙一哥就像哄婴儿似的，一边说着"乖乖的"，一边摩挲着妞儿的屁股。小林阿伯或是两手夹住它的脸，或是揪绸带。摄影师露出"不用着急，我会耐心等着妞儿摆好姿势"的神情，一直举着照相机，随时准备按快门。让侏儒河马一起拍照，一般人会觉得很不合适，但家人似乎都觉得无论如何不能缺少了妞儿。

　　其间罗莎奶奶和米田阿婆一直腰板挺得直直的，两手放在膝盖上，收拢下颌，盯着镜头，做好什么时候拍照都可以的样子。她们很有耐心地始终保持着自己最优雅的表情。

---

① 蒂罗尔绣带，带有刺绣和纺织花纹的狭长的装饰布条。

"那么，现在拍照了。三、二、一，茄——子！"

摄影师很有力地摁下高举在头上的快门。

那个星期日的照片，成了保留芦屋生活回忆的最珍贵的宝贝，至今我仍然珍藏着。虽然已经过去了很长的岁月，但姨夫和龙一哥令人着迷的美男子形象丝毫没有褪色。姨妈腼腆地微笑，小林阿伯按着妞儿的身体。经过长久的格斗，最终妞儿的绸带结已然松开了。罗莎奶奶和米田阿婆就像双胞胎姐妹一样依偎着。还有米娜的栗色眼睛，凝望着比镜头更远的前方。大家的背后，是我最喜欢的那座美丽的西洋公馆。

每当看这张照片时，我都会自言自语：全家人都在，不要紧的，谁也没有缺席。

二十七

"米娜就拜托了。"龙一哥只对我耳语了这句话，然后飞回瑞士去了。他的口气透露出必须把米娜拜托我，而不是姨夫或是米田阿婆的坚定态度。

我默默地点了点头，内心充满了龙一哥选择了自己的喜悦和再也见不到他的寂寞交织而成的复杂心情。

好，我一定会照顾好她的。放心地交给我吧，我会陪在米娜的身边。没有人告诉我，但是我大体察觉到姨夫不能每天和我们在一起，是因为还有另外一个必须回去的家的缘故。你唯独不给姨夫写信，在海里比赛游泳也和这件事有关。一定是这样。米娜需要有人帮她的时候，姨夫可能会不在，姨妈可能会喝醉。但是我会一直保护她的，我向你保证。所以，龙一哥，你就放心地努力完成学业吧。

——我怀着这样的心情点了头。

仿佛印证我的推测似的，姨夫在龙一哥临行前的杂沓之中悄然离开了。

图书管理员高领毛衣先生、日本男子排球队的森田选手、表哥龙一，对新遇到的男人，我不断地迷恋着。相比之下，米娜只对一个人，就是星期三青年情有独钟。说实话，在看重外貌的我看来，不能理解米娜为什么喜欢他。星期三青年不过是随处可以见到的平凡而少言寡语的年轻劳动者。

可能是米娜一出生就处于美男子的环绕中，因此产生了审美疲劳吧。一般女人一辈子都难遇到的那么多的美男子，她这个小学六年级学生已经享受过了，因而失去了对于外貌的欲求吧。

只是关系到火柴盒的话，就另当别论。如果他只是个送 Fressy 饮料的送货员，而不是送火柴盒的人的话，情况恐怕就不一样了。

青年一张开他那双粗壮的大手，米娜就仿佛中了邪似的，紧盯着那个火柴盒。说起来，青年和我经常去市立图书馆借书还书一样，都不过是跑腿的，然而对米娜而言，他就如同乘魔毯的旅行者一般。从跷跷板大象玩耍的草原到海马飘浮的星空，他都能够自由自在地往来，他摁响后门门铃给一个少女带来一个火柴盒，他是旅行者。他就是星期三青年。

为了让米娜和青年单独待在一起，星期三傍晚，我尽可能不靠近后门。但是，考虑到自己和龙一哥的约定，于是就躲藏在 Fressy 动物园的旧售票处里，万一有什么需要，我随时可以出去。只要能够忍受蜘蛛网，我就可以从半圆形的小窗户里往外看，因此，那里堪称是悄悄守护两个人的最佳场所。

可是不久我就意识到，只是守护他们，事情不可能有所进展。米娜在他的面前，只是个扭扭捏捏不开朗的女孩子。那个青年更别提了，总是很冷淡。也许是因为姨夫的公司有规定，禁止送货时和人家聊天吧。看他的样子，好像是害怕破坏了这个规矩，被小姐告诉了总经理可不得了似的。

两个人的接触只限于火柴盒从他的手里递到米娜手里的一瞬间。接下来，青年便坐上卡车的驾驶座，米娜目送他离开。每当此时，我就发出叹息：唉，太可惜了。

米娜，跟他说话呀，说什么都行啊。只要努力想办法，就可以延长在一起的时间呀，要加油啊，米娜。我躲在旧售票处里，一直在给她加油。

那天，我终于下了决心。我抱着妈妈刚刚从东京给我寄来的崭新排球，做好了准备。两个人的接触转瞬即逝，说时迟那时快，我把排球朝着他们的方向滚去，然后，从旧售票处里跑了出来。

"啊，对不起。没拿住。"

按照我的计划，这时青年把球捡起来，问我"哟，你喜欢打排球吗"，我回答"是的。可以的话，一起玩吧"——这样来勾引他。谁料想，青年也好，米娜也好，都惊得呆若木鸡。我一边反省莫非自己这样出场给人感觉有些做戏，可是也无法重来了。

"朋子，你头上有蜘蛛网……"

米娜指着我的头发。

"啊。"

我慌忙去摸头发。

米娜，蜘蛛网什么的不用管它，快问他关于排球的事呀。不过，话说回来，他这个人也太木了吧。

"每天都很热吧。"

我一边扒拉着头发一边对青年说道。他仍然站在原地没有动。卡车里堆积的空瓶子，反射着夕阳。

"可以的话，一起玩排球吧。"

这是我原来计划好的台词，可是一说出口，觉得比刚才的出场更显得缺心眼。

"好吗，米娜？让大哥哥教教咱们吧。"

我半强迫地把排球递到青年眼前。虽然只是在地上滚了一下，球已经沾上了尘土。

"嗯，知道了。那就开始了。"

他毫不掩饰为什么找我玩的愕然表情，突然朝我传过球来。我邀请人家玩，自己却没有做好准备，赶忙蹲下接球。可是，排球留下啪叽一声难听的声音，飞向了另一个方向。

"这回给你。"

传给米娜的球稍微轻柔了一些，然而还是太快了。尽管能看出米娜是在模仿猫田的二传，可实际上，球从两手上滑过去，只有米娜的手指留在了空中。刚刚得到的火柴盒在兜里哗啦哗啦响着。

结果，重复了好几次，米娜也没能触到球，我一直在追赶掉在地上的球。在空想排球的世界里，无论是接发球，还是向后托球都不在话下。可是，在星期三青年面前，全都打不好了。

"我该回工厂去了。"

既没有技术指导，也没有鼓励的话，青年开着卡车走了。

那天晚上，在光照浴室里，米娜给我朗读了缝补翅膀的天使的火柴盒故事。那个火柴盒被收藏在消炎针剂的盒子里。

米娜对我帮倒忙并没有怪罪，倒是很同情我的企图没能得逞。更让我惊讶的是，她的相思之情并没有变冷。

天使最需要的能力是什么，恐怕没有人知道吧。那就是缝纫的本领啊。优秀天使的锁边，只留下犹如鼻涕虫爬过一般的痕迹。所有的天使都在自己的背上背着一个缝纫盒。我的缝纫盒是曾祖父传下来的木制缝纫盒，有很多小抽屉，使用起来特别方便。

顾名思义，我们是从天上把口信传到地上来的使者。人们经常把我们看作仙子，让我们受到误解，我们和仙子不一样。她们总是变成冰、花或风的样子。她们不能忍受隐身，因而栖身在有形的东西里——在我们看来，只能说是定力不足。

和她们比起来，我们天使是很内向的，对我们而言最重要的是传口信而不是外形。人类总是随意想象天使的形态，画在图画里，其实都不准确。因为没有一个人看到过天使真正的样子，没有办法。

不过，只有长翅膀这一点，人类的想象是对的。我们长着翅膀，通过扇动翅膀来传递口信。让人兴奋的口信、让人难过的口信、安慰人的口信，我们要传递的是各种各样的口信。天使飞到要传递的那个人耳边，拼命扇动翅膀。这并非那么轻而易举的活儿，有的人很愚钝，有时候风很大。即便损伤翅膀也在所不惜，我们不停地飞翔着。接收到了口信的人或是微笑，或是叹气，或是擦眼泪。

我一次也没有收到过口信，有人可能会这么说。但是不用担心，只是你没有意识到而已。所有的人都是平等地收到口信。那口信有时候借他人的声音传达，有时候是从自己的心中发出的。无论如何，都是通过上天传来的口信得到保佑的。

　　如果你发觉耳边有什么奇怪的声音嗡嗡作响的话，请不要粗暴地揉它。那种时候，大抵是天使在你的耳边缝补翅膀呢。

二十八

八月二十六日的星期六，慕尼黑奥林匹克运动会终于开幕了。

其实那一天，我们想看夜里十一点 NHK① 实况转播的开幕式，可是米田阿婆就是不同意。

"夜里十一点还不睡觉的孩子，不是好孩子。"

这是米田阿婆的理由。其实她担心的是熬夜对米娜的身体有害吧。没办法，我和米娜只能熬到第二天早上看转

---

① NHK，日本放送协会的简称，是日本第一家根据《广播法》而成立的大众传播机构。

播了。

自从开始看《走向慕尼黑之路》以来，我们的座位就固定了。就是说罗莎奶奶坐在沙发一头，我和米田阿婆把米娜夹在中间，三个人端坐在正对电视机前的地毯上。无论何时，我和米娜，只要看到日本男子排球队，就不由得挺直身体，跪坐起来。

我把吸烟室里的姨妈也叫来看比赛。因为我相信，没有比不看四年一次的奥运会开幕式更可惜的事情了。

姨妈拿着德语词典，坐在了罗莎奶奶身边。

"电子显示屏、广告牌、标语牌、旗子，说不定在哪儿会有错别字呢。"

姨妈这样念叨着。大家都说这样重大的开幕式不会出现那样的错误的，但是她不以为然。

"正是这种大场面才会有陷阱呢。妈你也仔细看一看吧，一发现错别字就得立刻给 IOC① 主席布伦戴奇② 写信。"

姨妈打开词典，随时准备检查单词的字母拼写。

---

① IOC, International Olympic Committee, 国际奥委会的缩写。
② 艾佛里·布伦戴奇（1887—1975），1952—1972 年任国际奥委会主席。

　　希腊、阿根廷、澳大利亚、孟加拉、埃塞俄比亚、牙
买加，各个国家的运动员入场了。我和米娜结结巴巴地念
着牌子上的国名。不知道怎么发音的时候，罗莎奶奶就告
诉我们。科威特、蒙古、波兰、南越①、索马里、苏联……
仿佛从地平线那边涌出来似的，不断有新的国家登场，我
甚至担心起会不会没有尽头来。姨妈每次看到复杂的国名
时，便翻开词典。

　　妞儿的故乡，利比里亚入场了。看到瑞士的代表团时，
宛如龙一哥也在里面一样，所有的人都探出了身子。罗莎
奶奶对东德和西德两边都报以同样热烈的鼓掌。

　　"奶奶出生的故乡是哪边?"

　　我问道。罗莎奶奶一边摇着头，一边回答：

　　"哪边都不是，我的祖国是德国。德国的柏林。是我嫁
到日本来的时候，它随意分成了两个国家的。"

　　入场的顺序、运动服的样式、国旗都不一样，但是对
罗莎奶奶来说，两边都是没有区别的同一个德国。她弓着
背，把圆鼓鼓的两只手举到额前，一直拍手，直到选手们

————————————

① 南越，越南共和国（1955—1975），由吴庭艳在越南南方建立的政府，
　 于 1975 年被推翻。

从画面上消失。

虽然我和米娜也为罗莎奶奶的祖国德国鼓掌，但最让我们兴奋的还是日本队。刚一看到天蓝色牌子上写的"JAPAN"，我们就用比解说员还大的声音喊叫"JAPAN"，把脸都快要贴在电视机上了。红色外衣的鲜艳色彩，在蓝天辉映下非常耀眼。运动员们一进入特写镜头，我们就忍不住抚摸电视屏幕。

"排球运动员个子高，应该在前头吧。"

"快瞧，这是南……"

"啊，这个人绝对是大古。"

"看不到森田。"

"看到猫田了吗？猫田在哪儿呢？"

这样嚷嚷的时候，转眼间日本队入场结束了。结果猫田和森田都没有看见，只是在屏幕上留下了好多指纹。

德国总统海涅曼宣布开幕，五千只鸽子飞向天空，金发青年点燃了圣火。比米娜擦燃火柴还要容易，圣火燃烧起来了。最后朗诵了阿波罗的神谕。

"当四年一度，有趣的比赛来临时，放弃战争吧，证明亲密的友情吧……"

解说员在朗读翻译过来的日语，但我们在倾听罗莎奶奶复述的德语。回想起来，听到罗莎奶奶说德语，这还是第一次。

和平日颤巍巍地拄着拐杖，说着生硬日语的罗莎奶奶简直判若两人，此时她威风凛凛，充满自信。虽然我不懂德语的语法和单词，但能够感受到她的德语绝对没有生锈，仿佛五十六年的岁月不曾有过一般放射着光彩。虽然现在已经没有人听她的德语了，但是只要打开那扇记忆的门，就能够说出完美无缺的语言来。正如刚才那样高亢朗诵时一样，罗莎奶奶朝着电视里的德国，发出了故乡的声音。

开幕式一结束，米田阿婆说"难得看到这么好的场面啊"，对着电视机合掌。没有发现错别字的姨妈，很失望似的合上了词典。米娜和我想着明天将要开始的、充满荆棘的夺取金牌之路，精神倍增。

我们俩醒悟到，想要让星期三青年教我们排球，如果不达到一定水准就是白搭，便悄悄开始了训练。一到太阳西斜暑热减退的傍晚，我们就从杂物小屋里拿出了排球。

妈妈在信里说，那个排球是用十八张高级皮革缝制的，和慕尼黑奥运会指定用球是同一个厂家做的。

"听说来日本的各国排球界人士，都买这样的排球回去。"

妈妈很自豪地这样写道。当然,即便使用一流的产品,米娜和我的球技也未必就能提高到和它相称的程度。

我们的初步目标,是训练上手传球连续五次不落地的基本功。

"最重要的不是捕捉排球的手,而是腿。有着精准控制力的传球源自双腿,球过来后迅速迎球,屈膝收下颌,双肘自然弯曲抬起。以一下子放空全身力气的感觉吸收球自身的力,利用下半身的弹力再将其送出去,就是说十个手指起到的是接收球能量的地线的作用。在这个瞬间,球被包裹在犹如能够目视到一针一针针脚的寂静里,随后发出了任何乐器也奏不出来的清澈响声。"

米娜的解说是完美无瑕的。既富有逻辑性又充满了诗意。这些全都是从猫田的比赛中学来的成果。侧耳倾听,仿佛就能听到在草坪上方优雅交错的排球轨迹划过半空的声音和回响在空中的"啪"的脆响。可是,为什么一拿到真的排球,一切便被破坏了呢,真是不可思议。

连续五次传球不落地可是相当了得的目标。米娜打回来的球总是飞向让人不禁怀疑是故意打偏的方向去。从她的手指中漏出来的,都是与乐器的音色相去甚远的似乎是骨节软骨破碎般的声音。

可惜了这个奥林匹克指定用球，比起在空中飞舞的时间来，它在庭院地上滚动的时间要长得多。有时候掉进池塘里沾上妞儿的粪便，开始发出怪异的光泽来。

但是米娜和我一点也不气馁，因为越是体会到打好排球有多么难，对猫田和森田的尊敬越是强烈。一天的训练结束后，我们一边用胶皮管冲洗排球，一边反复想象着米娜打出的糟糕的球，被森田非常潇洒地接起来，然后被猫田温柔地传给我的情景。

从二十八日开始的预选赛，日本男子排球队顺利过关。轻松取胜罗马尼亚和古巴，也战胜预选赛最大的难关东德队。这期间暑假结束了，我立刻面临着习题考试。但是我没有告诉家里人，每晚一到七点二十分，就和米娜一起占据了电视机前面。接下来的巴西、西德也没有成为障碍，日本队以一场不失、预选赛全胜的战绩挺进了半决赛。

就在我们期待着比赛第十一天进行的决赛时，九月五日晚上，电视里没有转播比赛，却出现了奥运村的宿舍。系着黑色领带的解说员播送了新闻：

　　当地时间今天凌晨五点，阿拉伯游击队激进组织，侵入奥运村以色列队宿舍，杀死一名教练和一名运动员，并劫持其余九名运动员作为人质。此时仍在和警方对峙中。

二十九

　　当时的我对于事件的严重性完全不了解。对于阿拉伯游击队是什么人，为什么袭击以色列队的宿舍，此事发生在慕尼黑奥运会期间意味着什么，都一无所知。

　　劫持者一共八人，自称"黑色九月"。他们以九名以色列人质为要挟，要求释放被关押在以色列的二百余名巴勒斯坦囚犯，并派飞机让他们安全离境。

　　端着来复枪，出现在露台上的劫持者的样子，我至今仍记忆犹新。虽然只是黑色的人影，但戴着只露出眼睛，嘴和耳朵都遮得严严实实的头套的怪异样子清晰地出现在画面上。甚至能看到眼角部位开了线，全身被汗水湿透的

样子，说不定那不是汗水，而是射杀以色列人时溅上的
血迹。

　　这个事件中，最受刺激的是罗莎奶奶。正是因为听到
她的叹息，什么也不懂的我也能够为牺牲了的以色列人祈
祷。如果罗莎奶奶不在的话，我会认为那些杀人者只是妨
碍了日本男子排球队夺取金牌的人们吧。

　　最让罗莎奶奶感到恐怖的是，到了夜晚劫持者挟持人
质开始转移的报道：

　　　　当地时间二十二点，西德根舍内政部长表示接受
　　劫持者的条件。为了逃往国外，劫持者带着以色列代
　　表团的九名人质，在运动员村附近的直升机机场前往
　　慕尼黑国际机场。从宿舍出来的人质全都被蒙着眼睛，
　　手捆在背后，绑成一串，登上了军用巴士。

　　"绑成……一串，是什么意思？"
　　罗莎奶奶不知是在向谁发问。
　　"绑成一串，就是用细绳把很多小圆珠子串起来那样，
把人质绑成一长串，带走了。"
　　我这样回答后，罗莎奶奶仰天长叹，摇晃着脑袋。我

不禁紧张起来，不知道说错了什么。由于奶奶的叹息太沉重了，我不知该怎么安慰她才好。

　　现在回想起来，可以说一听到"绑成一串"这样的词语，罗莎奶奶当即准确预感到了事件的结局。因为最后劫持者和西德警方发生枪战，九名以色列人质全部丧了命。

　　报纸上登出了直升机的残骸。飞机顶部没有了，弯曲的框架裸露着，驾驶舱和座椅都被烧毁了。一个士兵像是守护等待埋葬的遗体般站在直升机的残骸旁。

　　罗莎奶奶从挂在自己房间里的照片中取出双胞胎姐姐伊尔玛的照片，用白手帕擦拭上面的灰尘。她一一仔细擦亮镜框的玻璃以及边框的一条条细槽，我们看着已经擦得非常干净了，可她依然不停下来。守在她身边的米田阿婆，从始至终一直把手贴在罗莎奶奶的后背上。

　　"这种时候，能够安慰奶奶的，只有米田阿婆了。"

　　米娜没有说话，只是用视线这样告诉我。我默默地点点头。

　　很显然，"黑色九月"事件唤醒了罗莎奶奶尘封的记忆。仔细观察的话，姐妹俩并排的照片，让人忍不住惊呼"这是多么酷似的双胞胎啊"的照片，在罗莎奶奶来日本之后一张也没有。其余的照片大概全部是从德国寄来的，按照年代顺序，可以看到伊尔玛姐姐也结婚了，生了三个孩子，这些孩子一年年长大。

最后一张照片，拍的是在公寓的院子里或是什么地方，把桌子椅子搬出来正在享受快乐午餐的一家五口。好像是夏初时节，盛开着四照花。这并非正式的宴会，看样子不过是一个普通的星期日午后，桌子上摆放着啤酒杯。三个孩子，一个男孩子和两个女孩子，女孩子分别像是大学生和高中生，男主人和伊尔玛大约五十岁的样子。最大的男孩子长得很像米娜，大家都眯着眼睛笑着。

那是最后的一张照片。镜框的背面刻着"一九三八年"的字样。照片里面年轻的伊尔玛小姐和眼前的罗莎奶奶是双胞胎姐妹，恐怕谁也想不到吧。仿佛在感叹曾经那样酷似的双胞胎，怎么会变得如此不同似的，罗莎奶奶把镜框放在腿上，久久抚摸着伊尔玛。

一时间传言奥运会将中止，但只是推迟了一天就恢复了比赛。九月六日举行了追悼会。IOC 主席布伦戴奇发表了《奥林匹克不屈服于政治和暴力》的演说，并朗读了所有牺牲者的姓名：摔跤选手哈尔芬、举重选手弗莱德曼、田径教练夏皮勒、击剑教练安德烈……

正如罗莎奶奶知道了"绑成一串"的意思一样，我也在这个追悼会上知道了降半旗的意思。停在半空中的五环旗，仿佛在微微颤抖似的飘扬着。

第二次世界大战中，伊尔玛以及罗莎奶奶的所有亲人在纳粹集中营死去，只有罗莎奶奶一个人因为在日本，从而逃脱了魔爪——把这些告诉我的是姨妈。

"那天，柏林公寓的门铃响了，伊尔玛一家都被带走了。他们被送进了集中营的毒气室里。以色列是从大屠杀中活下来的犹太人建立的国家，所以，以色列代表团受到袭击，罗莎奶奶一定是陷入了时光倒转的错觉里。"

姨妈说。

我去市立图书馆借了奥斯维辛集中营影像集。第一次不是为米娜，是为我自己借书。

其中有疲惫不堪的犹太人从货车上被押下来，排成一长队，走向毒气室的照片。我从这些人中寻找着摔跤运动员的祖母、击剑教练的兄弟、相貌酷似米娜的青年、伊尔玛小姐。他们是被绑成一串，走向死亡的人们。

三十

推迟了一天，排球进入了决赛阶段。日本队的劲敌是苏联队。只要打败苏联队，就能折桂了。

九月九日是星期六。米娜和我绝对不看报纸，也不开电视机，心神不定地上完上午的课。我看着自己糟糕的习题考试成绩，有些茫然无措，但还是跑着回了家。米娜让小林阿伯比平日都快马加鞭地驱使妞儿，急匆匆赶回家来。

午饭是米田阿婆特别做的肉丁葱头盖浇饭。我们都默默无语地吃着。

"今天可真老实啊。你们俩是不是吵架了?"

米田阿婆一边倒麦茶一边问道。

"不是。今天晚上有半决赛转播，我们打算安静地等到那个时候。"

米娜回答。

"比赛已经结束了，说不定会从哪里听到比赛结果，所以我们要尽量什么也不听。想要以看实况转播的心情看今晚的比赛。"

我补充道。

"所以，米田阿婆即便知道什么也绝对不要对我们说啊。"

米娜叮嘱米田阿婆。

"好的，好的，我什么也不知道。"

米田阿婆说着，给我们的盘子里加了好多八宝酱菜。

准确地说，比赛结果显而易见。由于真正的对手是决赛会遇到的苏联队，所以，日本队在半决赛中不可能输给保加利亚队。我们只不过想通过电视看看是怎样取胜的。

其实我和米娜还什么也不知道。半决赛苏联队输给了东德队，以及日本队和保加利亚队打了一场怎样惊心动魄的比赛，我们和米田阿婆一样，一无所知。

直到晚上七点二十分转播开始之前，我和米娜在光照浴室玩狐狗狸（预告说日本队夺取金牌的可能性是 97%），互相朗读火柴盒的故事，傍晚照例练习了上手传球，等着那个时刻的到来。

我和米娜做好了干净利落输掉比赛的思想准备——虽然没想过输球的对手既不是苏联队也不是东德队，而是保加利亚队——但是，即便没有夺得金牌，我们也知道他们是怎样拼尽了全力。看了《走向慕尼黑之路》，我们知道得非常清楚。所以，即使输了也请你们不要哭泣。不要垂头丧气。随着比赛的进程，我们不知不觉忘记了求胜的欲望，这样祈祷起来。

半决赛时，日本队第一局和第二局连续输给了保加利亚队。尽管所有的主力都在赛场上，相互的配合却不太好。不管打快攻还是时间差，都被对方预判到，几乎所有的球都被接起来。而且，还遭到了保加利亚队的王牌选手布拉塔诺夫的大力扣杀。

罗莎奶奶、米田阿婆、姨妈，所有的人都聚集到了电视机前，但是大家都很少说话。每当布拉塔诺夫的大力扣杀得分时，我和米娜就默默地对视一下，互相支撑着想要哭的对方。

在日本队背水一战的第三局，场上不见了猫田和森田。

除了大古和横田之外，其他人都下去了，换上了南、中村、
屿冈、西本。被认为"没有他就夺不了金牌"的猫田被换
下场，让米娜惊慌起来。平日喉咙里穿过的风声逐渐变
大了。

"南是出征东京、墨西哥和慕尼黑，三次奥运会的元
老，而且是冈山旭化成的选手。和我一样都是冈山出身
的……"

我竭力给大家打气，却毫无效果。南的出身是哪里，
现在有什么用处呢，房间里飘浮着这种冷冰冰的空气。

不过，这次换人果然有效。曾经的队长中村和长期任
日本队主攻手却在慕尼黑做替补的 1 号南，悠然现身之后，
骤然驱散了场上笼罩的阴霾，连球网的白线都显得醒目了
似的。两位老将带来了新鲜空气，给予了猫田和森田深呼
吸的时间，这一点是毫无疑问的。

快攻、拦网、接发球，老将神勇无比，日本队顽强地
挽回了第三局和第四局。

"日本队越打越好了。"

"什么时候都是追赶的一方比较有利啊。"

两位老妇人恢复了精神，开始发表乐观的看法。但是
我和米娜还沉浸在有可能输掉的恐惧中，说不清是谁主动，

我们的手一直互相握着。

第五局时猫田和森田回来了。

"这一局决定胜负了。"

米娜说。虽然是不言自明的事，还是不能不说出来加以确认，她的这种心情我非常明白。

"嗯，是啊。这是最后一局了。"

我回答。

前半局 3 比 8，日本队落后 5 分交换场地。场上队员虽然重新燃起斗志，配合也恢复了默契，但总是未能缩小差距，一直打到了 7 比 11。保加利亚队还差 4 分，日本队还差 8 分。再丢 4 分，就输了，没有金牌了。我在心里多次做着减法，生怕自己计算错了，没有拉着米娜的另一只手，反复掰着手指计算着。两位老妇人也都不说话了。

再继续拉开差距就完蛋了。就和踮着脚尖站在极其有限的空间里一样，赛场上充满了令人喘不上气来的紧张空气。一直跪坐着的我们俩的腿已经变得冰凉，感觉不到疼痛，但是为了声援他们，需要更加更加疼痛才行。我和米娜更使劲地互相握着手，即使骨头碎了也不在乎。

就在这个关头，一直默默无言的姨妈突然开了口。

"啊，快看那个!"

她从沙发上探出身子，指着电视画面。

"MATSUDAIRA① 变成 MASTUDAIRA 了。"

她所指的好像是得分板下面显示的队员表。

"你们看这儿。"

可是，姨妈指着画面时，镜头已经被切换到了场上。

"妈妈，不要说话。"

米娜很严厉地说。

"可是松平教练的名字错了……"

"现在不是挑错的时候。你应该知道啊，不管是给布伦戴奇还是给谁写信，回头写多少都行，现在什么话也不要说。"

被米娜的严厉架势压住，姨妈嘟嘟囔囔着回到了沙发上。

不过现在回过头看，姨妈发现错误的那个瞬间，正是慕尼黑奥运会男子排球半决赛保加利亚队对日本队第五局

① MATSUDAIRA，教练"松平"名字的日语罗马字拼写。

的重要转折点。姨妈指着拼写错的"MASTUDAIRA"，在电视屏幕上留下食指指纹的时候，触到了隐藏在某处的开关，小齿轮咔嚓一转动。于是，球场上队员们长长的身影，观众席上传来的呐喊助威声，裁判员的哨音都瞬间停止了，时间的流向改变了。尽管那是悄悄发生在非常短暂的一瞬间的事，没有任何人意识到的变化，却被我和米娜看到了。

紧接着，猫田发球得分。猫田冷静发出的球，被无声地吸到了对方球场的一点空隙处。保加利亚队员都露出不知道这个球是怎么掉在地上的表情，盯着地面发呆。

一旦改变的流向就不可能还原。由于大古和屿冈的活跃，日本队连得 5 分。再加上南的拦网和假动作，14 比 12，日本队迎来了赛点。

打出最后制胜球的是屿冈的扣杀。我和米娜同时发出了欢呼声，拖着麻木的腿跑向沙发，扑在罗莎奶奶的怀里。随后米田阿婆也加入进来，四个人搂抱在一起。电视里，猫田和森田拥抱着捂着脸哭泣的大古。我在心里对他们道歉，我不该丧失信心。就好像猫田、森田、大古、南也都在我们的怀抱中似的，我们久久拥抱着。

比分分别是 13 比 15、9 比 15、15 比 9、15 比 9、15 比 12。比赛用时三小时十五分钟。

"瞧瞧看，果然还是错了吧。T 和 S 反了。"

姨妈一直到最后，还指着队员表上的错字。对于日本男子排球队而言，那是宝石般的错字。

说实话，我对于决赛的印象不太深。大概是因为我和米娜都在对保加利亚队一战中用尽了气力吧。迎来决赛的时候，我们没有自负也没有紧张，只感觉心情特别爽快。一步一步走在慕尼黑之路上的日本队员们，这样在奥运会决赛阶段打拼的喜悦，是比胜负更加可贵的。

我们变成这样的心境还有一个原因可能是，对手不是苏联队，而是东德队。无论是森田快攻得手，还是舒尔茨拦网成功，罗莎奶奶都同样鼓掌。她对猫田的冷静表现表示敬意，对舒曼的对角扣球发出感叹。她的赞赏里没有一点勉强，身体很自然地那样表现出来了。

"不管哪边得分，我都高兴。赚了哟！"

罗莎奶奶说着，对我和米娜挤了挤眼睛。

虽然对规则还稀里糊涂的，但每当得分时，她就抬起身，使劲拍手，仿佛掌声会传到德国去似的。看到罗莎奶奶的样子，我不由得感慨她到底是走了多么漫长的道路才走到这里啊。我突然没来由地凄凉，感觉让罗莎奶奶老去的不是时间，而是德国和日本之间的遥远距离。

日本队以 14 比 10 迎来了赛点时，猫田竖起了食指，向大家喊着"还有一个球，还有一个球"。最后，东德队的球打出了界外，日本队获得了金牌。

九月十一日，奥运会举行了闭幕式。以色列队只有举牌者入场，没有一个运动员。晚上八点，圣火熄灭了。

此时我才意识到，夏天已经过去了。

一九八三年九月四日，原日本男子排球队二传手、慕尼黑奥运会金牌获得者猫田胜敏因患胃癌逝世，享年三十九岁。

听到这个消息时，我不由得停下了手里的事情。在芦屋度过的岁月已经过去十年多，那个夏天发生的事情，桩桩件件都令人窒息般地骤然复苏了。铺在电视机前地毯的触觉，阿拉伯游击队戴的头套的样子，沾在排球上的妞儿的粪便，全都一下子涌进了脑海。同时，寂寞也袭上了心头。这些重要的回忆随着猫田的去世，去了再也够不到的远方。

猫田胜敏参加了莫斯科奥运会最终预选赛后，结束了长达十七年的日本男子排球队员的生活。引退后，担任"专卖广岛俱乐部"的教练。自从发现恶性肿瘤多次住院治疗后,于九月四日与世长辞。去世之前,他反复说着"还有一个球,还有一个球"的胡话,直到最后一息仍没有放弃回归赛场的强烈愿望。

电视里一遍遍地播放慕尼黑奥运会的录像。那里有米娜喜爱的猫田,就是那个一边向主攻手托付自己的愿望,一边默默地不断用十个手指托起球来的猫田。

慕尼黑奥运会结束后,姨妈、我和米娜立刻写了信。姨妈给 IOC 主席布伦戴奇写的是关于松平教练的名字拼写出错的事,我写给森田选手、米娜写给猫田选手的是球迷信。

傍晚,三个人一边散步一边走下坡道,在开森桥畔的邮筒处寄出了各自的信。

"这封信,布伦戴奇真的能收到吗?"

记得当时看到寄信地址写的是日语时,我还担心地这样问姨妈。

"没关系,日本也有奥委会的分部。"

姨妈一点也不担心。她寄出的是以"敬启者"开始,以"敬上"结尾如往常的信。

我写的只是平淡无奇的球迷信。当时有很多年轻女孩子寄去成千的信件，而我的不过是被埋在几千封信里面很普通的一封。

但是，米娜写给猫田的信不一样，即便在无数的粉丝信里也绝对是特别的一封。自己打排球时总是打不好的米娜，却借着这封信向猫田送出了一道光束般的传球。

猫田胜敏先生：

祝贺夺取金牌。在电视机前，我差一点哭出来。一边拍手，一边想要大喊"感谢你获得金牌"。

当大家把松平教练高高举起来的时候，我仔细寻找你的身影，可是2号被其他高个子队员挡住，看不到。不过，我知道你肯定在那个圈子里。在人们不注意的地方，发挥着作用的选手，你一直是这样的。

当扣杀成功之后，大家都将目光投向扣球的人，着迷于被打落在对方场地上的那个球的威力。

但是，那时候我看的是猫田选手。托球之后的你蹲着身子从下面仰头看着球，有时候甚至趴在球场上。扣出的球越是漂亮，越是说明刚才那个托球漂亮，然而你丝毫没有得意的表情，只是不停地将自己缩小再缩小潜入排球之下。

为什么你能够如此温柔地托球呢？我感到很不可思议。比起主攻手为什么能够打出球快要破裂般的扣杀，这个问题更加不可思议。

你的双手一碰到球，球立刻变得温顺。原本不知道会飞向何处的球，一下子变得老实，被轻轻地送到了主攻手的跟前。而在那平静之中已经孕育了接下来的迅猛爆发。

不过是在打一个球，人的身体竟然能够做出这般丰富多彩的变化，实在令人惊讶。即便是我这样一个一米三的个子，体重二十五公斤，有哮喘病老给家人添麻烦的孩子，要是接到你托出的球，仿佛也能够打出让苏联选手束手无策的扣球似的。

谢谢你把这封无聊的信一直读到最后。期望以后还能在电视机前给你加油。

今后也一直支持你。

非常感谢你的金牌。

再见。

兵库县芦屋市

小学六年级女生

三十一

秋天的一天，发生了一件事。起因是米田阿婆投稿的有奖明信片获得了一等奖。

那次的要求是收集三张在洗衣皂包装袋上的奖券，贴在明信片上，一等奖的奖品是北海道三晚四日游旅行券。全家人都非常兴奋，对米田阿婆的好运交口称赞，羡慕不已。

在米田阿婆几十年来的投稿人生中，这个奖品是最高额的了。过去比较像样的奖品，充其量是健康磁疗褥垫、一打蚊香、十张全国通用冰激凌券之类的。

明明那么热忱地参加投稿活动，当真正有所收获的时候，当事人米田阿婆却显得不太高兴，或者说比较困扰。

"北海道那么远，我可不想去。"

"哟，为什么呀？这样的机会不可多得啊。肯定是不错的地方，毕竟是北海道嘛。"

对这次中奖反应最敏感的是姨妈。大概是因为和自己挑错别字得的可怜奖品比起来，北海道旅行是绝对豪华的吧。

"对老年人来说太冷了……"

米田阿婆好像很为难的样子，从围裙口袋里把那个装有旅行券的信封一会儿掏出来一会儿塞进去的。

"要不明年，等天气暖和了以后再去吧。有效期限到什么时候？"

米娜窥探着米田阿婆的口袋。

"北海道也会有春天的，会有夏天的。"

罗莎奶奶也加入进来。

"不行，不管是春天去还是夏天去，我都害怕坐飞机……"

"你坐过飞机吗？"

我问道。米田阿婆无精打采地摇摇头。

"那怎么知道害怕不害怕呀？坐一次试试，搞不好很好玩呢。而且，米田阿婆也需要休息休息呀。"

我说出了一直以来的疑问。至少米田阿婆自从我来芦屋以后，一次也没有请过假。没有一天不干家务，而且也没有因为自己的私事或个人兴趣出过门。一直和我们在一起，整天照料我们的起居。

"还不如四等奖的晾衣夹子套装有用呢……"

我的提案也没能消除米田阿婆的犹豫。

"而且这个是双人旅行券呢。双人，就是两个人的意思吧？"

大家都很吃惊，纷纷说着"让我看看"，把奖券从信封里拿出来。果然上面写着"双人招待券"几个大字，括弧里的小字是"请不要一个人参加"。

"这就更没有必要犹豫了，带我一起去吧。"

姨妈说道。

"那怎么行？太太不在家的时候，米娜要是发病了可怎么办？"

"让小林阿伯住在家里吧。"

"我可不想给大家添麻烦，只为去北海道。"

"我的腿要是能走的话，也可以一起去呢。"

罗莎奶奶抚摸着自己的膝盖，叹息道。

"爸爸的公司没有合适的人吗？北海道出身，回乡探亲什么的。"

"干脆，带着小林阿伯一起去吧？"

大家发表了各自的意见，结果只是使米田阿婆愈加困惑。唯一搞清楚的是，亲戚朋友里，可以和米田阿婆一起去旅行的人一个也没有。

"也不必急着决定，过几天肯定会想出好办法的。米田阿婆有权利慢慢享受这个幸运。"

姨妈说道。

但是结果，米田阿婆第二天就没有机会品味幸运，也不用再沉浸于困惑。因为小偷将北海道双人旅行券偷走了。

真是一个很有头脑的小偷。高价的美术品不拿，却喝了一瓶 Fressy 饮料，尝了炼乳，偷走了姨妈的烟和威士忌以及北海道旅行券。我们没有一个人发现动静，舒舒服服地睡到天亮。

一如往常，米田阿婆六点去厨房，把挂在挂钩上的围裙系上，看见了烹饪台上的 Fressy 饮料空瓶子，以为是孩子们干的，嘟哝几句就把瓶子洗了收拾好（小偷的指纹也一起洗掉了）。

　　不久罗莎奶奶也醒了，来到厨房，两个人一起喝咖啡聊天。然后米田阿婆说着"该烤香肠了"，打开冰箱一看，发现炼乳罐里只剩下一点了。顺着开罐口耷拉下一条炼乳。

　　米田阿婆觉得只是抹面包或是浇在草莓上吃不过瘾，常常把炼乳当点心吃。连开罐口流出的那一点都舍不得浪费，用手指揩干净是她一贯的做法。这样也以免炼乳罐外面黏黏糊糊的。可是，此时她还是没有意识到这是小偷所为，只是对于最爱吃的炼乳罐子一反往日，变得黏黏糊糊的有些不快。

　　这时面包店B的车来送面包了。

　　"哟，后门的门把手坏了。"

　　抱着法式面包的实习生这么一说，米田阿婆和罗莎奶奶才终于意识到发生什么不寻常的事了。

　　这是米田阿婆对警察说的大致经过。

　　面包店B的实习生虽然年轻，却很稳重，安慰惊慌失措的米田阿婆和罗莎奶奶后，马上给警察打了电话。还建议她们："Fressy饮料和炼乳之外，还丢失了什么其他东西，要好好检查一下。如果银行存折被偷了的话，必须立刻向银行报失。"

不久，警方的人陆续来了。宅邸里热闹起来，大家也顾不上吃早饭了。罗莎奶奶浑身颤抖着，米田阿婆脸色苍白地呆站着，姨妈好像宿醉一下子醒了似的跑来跑去。

但是我和米娜一点也不害怕。跟在用石膏提取脚印、采集指纹的人屁股后面，问人家"那个白色的粉末有什么成分呢？"等等。我们按捺不住突发事件引起的兴奋心情，暗暗期待：说不定可以不去上学呢。

保持着平常心的只有妞儿。把脑袋扎在树丛里打喷嚏，或是吧嗒吧嗒喝着池塘里的水，警察开始勘查院子时，它厌烦地摇动着尾巴。

勘查结果是，保险柜没有被盗的迹象，除了 Fressy 饮料和炼乳外，只少了姨妈吸烟室里的一条烟和两瓶外国威士忌。警察判断，窃贼大概是觉得美术品容易露马脚，压根没有打算偷，也可能就不是什么真正的窃贼，只是个肚子饿了的流浪汉吧。

"其他还丢失什么没有？再仔细查查。"

警察反复叮嘱着。

其实，这家伙肯定是喝了 Fressy 饮料补充了体力，正蹑摸保险柜的时候，突然发现露台对面的妞儿，吓得魂飞魄散，慌忙逃走的——这是米娜的推理。

"如果是不知道妞儿的人，说明不是这一带的人。"

米娜对着我的耳朵说。

在这件事上，最受打击的是米田阿婆。尽管谁也没有这样想，但米田阿婆很自责，怪自己没有检查门窗是否关好了。可是，无论受到的打击多大，她也不同意我们不去学校。

"有什么理由不去上学呀？你们要是不去上学的话，那不是正中小偷的下怀了吗？"

米田阿婆说着拍了拍妞儿的屁股，打起精神，送我们出门。这时候，她把两只手插进围裙兜里，空了一拍的工夫，发出了"啊"的叫声。

"旅行券不见了。"

小偷光顾的次日，姨夫立即带着专业维修工来了。把家里所有的门锁全都换成了精巧的锁，还在每个人的卧室和走廊都安了警报铃。四处检查着，每个角落都不放过，干脆利落作出判断和指示的姨夫依然是那样的帅气。他以钢笔为指挥棒，一指到平面图上的某个地方，工人们便立刻去那里进行恰当的操作。虽然姨夫一点也没有颐指气使的架子，却透着令人着迷的威严。

我悄悄猜想，这次的小偷事件，真正应该感到负有责任的恐怕不是米田阿婆，而是不在家的姨夫吧。但是一看到他那潇洒的英姿，便马上觉得一切都可以原谅了。

施工完了后，进行了警报铃的试验。罗莎奶奶一摁崭新的红色按钮，便响起了震耳欲聋的尖厉声音。就连一向不大惊小怪的妞儿，也在池塘边吓得脚一滑，坐了个屁股蹾。

"嗯，这样就没问题了。"

姨夫很满意地抱起两臂，"这回整个镇上的人都能听到了。"

大家都非常欣赏警报铃的威力，纷纷说着"这回可以放心了"。

不过我想的是，无论警报铃发出的声音多么响亮，恐怕也传不到姨夫所在的地方吧？

当然，我没有说出来。既然新锁和警报铃很理想，家人都很高兴，我自然也觉得很好。

这次虽然是临时回来，但姨夫还是修理好了损坏物品之后才走。修理的是订书钉卡住了的订书器和伞架弯曲了的雨伞。

　　我和米娜一边进行光照浴，一边谈论把北海道旅行券偷走的窃贼。在煤油灯旁边，躺着米娜刚才使用过的火柴盒。上面的图案是全身披着绿球藻缝制的大衣，摆着拍照姿势的棕熊。看它的样子，好像是被绿球藻们弄得怪痒痒的，一个劲地扭着身子似的。

　　"真是个笨小偷，不过，挑选东西倒是有自己的一套。"

　　"什么意思啊？"

　　"就是说，他偷走的，都是对于他来说充满魅力，但是在我们看来不那么重要的东西呀。"

　　米娜的身体依然像小鹿斑比①那样瘦，好在暑假期间一次也没有犯病，胳膊上的针眼明显变淡了。

　　"妈妈的烟和威士忌被偷了，奶奶反倒高兴呢。以这样的形式旅行券不见了，米田阿婆也说不定松了口气呢。"

　　"是吗？"

　　"嗯，我估计是。和谁一起去是个很头疼的事，这回就可以不用去想了呀。"

　　"倒也是。"

---

① 小鹿斑比，奥地利著名小说家、剧作家费利克斯·萨尔腾 1926 年发表的代表作《小鹿斑比》的主角，此作后来被改编成电影、动画片，经久不衰。

"根本不认识的小偷替自己去了北海道，米田阿婆会觉得更轻松呢。"

"那个小偷能找到一起去的伴儿吗？"

我说。

"这个嘛……"

想了想，米娜说，"应该会在监狱里认识个把朋友吧？肯定有。"

"哦，说得也是啊。"

我们照完正面后，翻过身趴下了。将脑袋搁在交叠的双手上，一边听着电灯球吱吱呀呀轻动的声音，一边遐想着小偷和他的朋友去北海道的故事。想象他们在飞机上喝威士忌，在阿寒湖边抽烟，去纪念品店采购瓶装的绿球藻和木雕的棕熊。事到如今，也就祝他们旅途愉快吧。

后来，警察通知我们逮着了小偷。据说是踩在妞儿粪便上的脚印成了破案的关键。

"怎么样，我说过吧？最大的功劳属于妞儿呀。"

米娜自豪地说。

我们忘了问，罪犯去北海道旅行了没有。

三十二

现在回想起来，可以说在芦屋宅子里扎根最深的不是别人，正是米田阿婆。

罗莎奶奶怀有对遥远的德国的思念。同样，姨妈在冈山有自己的故乡。虽说要骑十五分钟妞儿，但米娜每天会去学校。龙一哥早已离开儿童房去远行了。还有姨夫，就不必多说了。

但是，米田阿婆没有其他可回的家，也没有可去的地方，写信的对象也只有负责有奖征稿明信片的工作人员，收到回信的可能性几乎等于零。她一天到晚照料别人的生活，和没有亲缘关系的一家人一起度过一生。

我有时会产生这样的错觉，说不定早在罗莎奶奶、姨夫、妞儿以及所有的家人出现以前，米田阿婆就和现在一样，住在那个宅子里了吧。从一出生起，她就已经是个老婆婆，在烤面包、擦窗户、修理东西吧。

米田阿婆是住在雪花玻璃球里的、像雪一样洁白的人。雪花玻璃球上，映出了宅子的风景。房间里到处都擦得锃亮，菜香四溢，大家的笑声在回荡。把玻璃球一倒过来，雪花就像包裹万物般飘落下来，渐渐堆积在地面上静静地守护着大家。

无论多么使劲摇晃，雪也绝对不会走出去。如果有人打碎了玻璃球，也只能发现自己做了一件愚蠢的事。一旦离开宅子的风景，刚才以为是雪花的东西，就立刻变成了莫名其妙黏糊糊的东西，恢复不了原状。因此，谁都不可能把米田阿婆带到宅子外面去的。

星期日，很罕见地，罗莎奶奶和米田阿婆分头行动，那也是由于那个小偷事件。那天为了参加老朋友儿子的婚礼宴席，姨妈和罗莎奶奶要出门去新大阪饭店。以前这种时候，米田阿婆一般也都会陪同，但由于刚刚进了小偷，又不放心只剩下孩子们看家，所以她就没有去。

姨妈和罗莎奶奶坐出租车出发后，应该在家休息的小林阿伯来了。不知怎么，他怀里抱着一个婴儿，正睡得很甜。

小林阿伯很抱歉地说明了原委："女儿女婿因为有事，我今天一天要看外孙子。可是，就在刚才，老婆在盥洗室里滑倒扭了腰。把老婆送去医院的这段时间，想请你们帮忙看一下孩子……"

我们很同情小林阿伯不仅要把犯病的米娜送去医院，就连休息日也要去医院，接过了婴儿，对他说："请放心地去陪护太太吧。"

"真是不好意思，太感谢了。要是哭闹不止的话，就挠挠他的脚心，一般来说就不哭了。这里面需要用到的东西都有。"

从小林阿伯手里接过的手提包，比婴儿沉了好几倍。

我们先把婴儿放在起居室的沙发上。我、米娜和米田阿婆，怎么也舍不得离开孩子，连自己该做的事（做作业和洗衣服）都忘了，一直瞧着孩子的睡脸。

婴儿被包裹在有火车头补花的黄色绒布衣服里面，紧紧攥着的两只小手放在耳边，一直在睡觉，根本不知道自己现在处于什么境况。头发只长出毛茸茸的一点点，嘴角沾着一点奶粉，闭着的眼睛深埋在圆鼓鼓的小脸蛋里。

"有呼吸吗？"

米田阿婆把耳朵贴近婴儿的嘴边。

"真是的，别说这种不吉利的话，米田阿婆。"

我说道。

"感觉好像听不到呼吸的声音……"

米田阿婆皱起眉头，使劲倾听。这还不够，她还慎重地，准确地说，是提心吊胆地摸了摸孩子的脸蛋。

"倒是没有变凉……"

"那还用说吗？"

这时候，婴儿一激灵，紧紧攥着的小手抽搐了一下。吓了一跳的米田阿婆，从沙发上跳起来，结果胳膊肘撞到了桌子角上。

"瞧瞧看，好像把他吵醒了。"

米娜指着孩子说。婴儿好像不舒服似的摇晃着脑袋，扭动着屁股，睁开了眼睛的一条缝，和正咧着嘴揉胳膊肘的米田阿婆的眼睛一对视，他便哇的一声大哭起来。

哪里是没有呼吸，简直是精神过头的小宝贝。哭声就像警报铃一般响亮。

"放沙发上会掉下来的，还是放在地上保险吧?"

米娜提议。

"对，对。"米田阿婆说着把浴巾铺在地毯上。

米娜抱起婴儿，放在了新的地方。哭声的威力一点点增加。

"首先应该考虑的是换尿布。"

按照米娜的指示，我在手提包里翻找起来。像小林阿伯说的，婴儿需要用到的所有东西都在里面。奶瓶、奶粉、脱脂棉、酒精、拨浪鼓、围嘴、毛背心、毛线手套、痱子粉、山茶花油、母子手册。当然，也有尿布。

原来尿布是这样构成的啊，我看着叠成长方形两块一组的尿布，心里想。我以为必然是把婴儿弄哭的人，也是三个人里最年长的米田阿婆更换尿布，可是她只是露出一副不知所措难为情的表情，迟迟没有动手。

"我实在不擅长和婴儿打交道。倒不是讨厌，而是害怕。"

"可是，米娜和龙一哥小时候，你不是照料过他们吗?"

"那时候有家庭护士呀，而且我干家务已经很忙了……"

米田阿婆辩解着。我还是第一次看到她对什么事情畏缩的样子。

"那就让我来吧。"

米娜突然说道。

"米田阿婆，请把弄湿的脱脂棉拿给我。"

米娜跪坐在婴儿的脚边，解开尿布包的松紧带。这时，我知道了这是个男孩子。

"好的，给你。"

米田阿婆动作迅速地执行指示。

很难说米娜的动作很熟练，但每一个动作都充满了绝对不弄伤婴儿的决心。无论是摸索着用合适的力度拿起婴儿的脚脖子，还是用脱脂棉擦屁股，她都满怀着爱意，非常轻柔。甚至对换下来的脏尿布，也怀着敬意似的。

"下面请准备奶粉。"

米娜一边确认尿布是否包好了，一边继续发布指示。我从手提包里拿出奶瓶和奶粉罐，米田阿婆接过去，小跑着去了厨房。其间婴儿也没有停止哇哇大哭，我拼命地挠婴儿的脚心。他的脚心很温暖，弹性很好，摸着很舒服，但是和小林阿伯说的相反，挠脚心对于安抚婴儿没有丝毫效果。

米娜仍然跪坐着抱起婴儿，将奶瓶贴在自己的脑门上，检查热度适合与否。婴儿有力地吸住奶嘴，喝起奶来。他终于不哭了，只能听到哧溜哧溜嘬奶嘴的声音。

也不知米娜是什么时候学会的喂奶。当然，看她的姿势的确不太协调，因为瘦小的米娜即便使劲伸长两只胳膊抱着婴儿，他的两只小脚还是从腋下露了出来。然而，婴儿把脑袋枕在米娜硬邦邦的细胳膊肘上，因尿布而鼓鼓囊囊的屁股陷在她腰间的凹陷里，非常安心地喝着牛奶。他一只手放在奶瓶上，眼角还存着眼泪，不时抬起眼皮看看我们。米娜一眼不眨，屏住呼吸，随着奶的逐渐减少，微微调整着奶瓶的角度。米田阿婆自知帮了倒忙，破坏了平静，一直紧闭着嘴。

下午，我们把吃饱了的婴儿放进婴儿车里，去院子里散步。三个人从阁楼里费劲地搬出那个德国造的高级婴儿车，擦去了尘土。除了因为缺油，车轮嘎吱嘎吱作响外，还是相当漂亮的。婴儿或是含着八音盒的带子，或是用脚踹着软垫，很舒服地躺在里面。

来到池塘边时，妞儿过来窥探婴儿车里面，然后舔了婴儿一下。湿漉漉的唾液在小脸蛋上亮闪闪的，婴儿咯咯地笑了。

傍晚，婴儿平安无事地回到小林阿伯的怀抱，姨妈她们也从婚宴回来了。罗莎奶奶和米田阿婆坐在藤架下的长椅子上，一起眺望夕阳。两个人分开度过的漫长一天结束了，终于回到熟悉场所来的安心感笼罩着她们。头上戴着一模一样的帽子，那帽子夏天时是草帽，而现在成了贝雷帽。茶色的毡帽以同样角度戴在她们的头上。仿佛在报告一天里发生的事情似的，两个贝雷帽靠在一起，互相碰触。夕阳一样地照在两个人的后背上。

三十三

"关于曼斯菲尔德的《游园会》和奥斯维辛集中营的影像集，还没有听到你的感想呢。"

借阅处里面的高领毛衣先生，停下手里的工作对我说道。

"啊……是的。"

就像受到训斥似的，我低下头。在关键的时候，不能很自然地好好表现是我的老毛病了。

不过，我内心里对于高领毛衣先生那么清楚记得我借的书感到非常高兴。每天那么多人，来借各种各样的书，他却记得一个普通中学一年级学生借了什么书，这不是很令人兴奋的事吗？

"是……是的。还……没有看完呢。"

"怎么了？以你的水平，应该没有问题的。"

高领毛衣先生咚咚地对齐手里的一把检索卡片。他只是稍微收拾一下，借阅处台面上的东西就都井然有序了。

"您这么说真是……"

当然，高领毛衣先生还是被蒙在鼓里的呢。他并没有意识到我不过是米娜的跑腿儿。他越是表扬我，我就越是狼狈。

"只是……"

"只是什么？"

高领毛衣先生丝毫没有怀疑我，他以真心想听我说下去的目光瞧着我。

"《游园会》的结尾很令人吃惊。最初以为是很无聊的故事，只是描写有钱小姐同情贫穷男人的故事。但是，我想错了。"

"噢，有道理。"

"那个，就是说，有钱还是没钱并不是那么重要的。最后，看着从马上掉下来死去的男人的脸，萝拉从中发现了美，那才是小说的全部。"

米娜这么说的——我把这句话咽了下去。

"萝拉被不抗拒死亡，甚至是心满意足面对死亡的男人的尊严深深地感动了。"

我一边想着"米娜的感想是不是都说了，还有没有遗漏"，一边说。

"萝拉可能很像你啊。"

高领毛衣先生说道。

"你说什么?"

对这意外的看法，我感到惶惑，不知该怎么回答。我肚子里从米娜那里听来的存货已经没有了。

"你既然能够理解川端《睡美人》里的老人，肯定也能够像萝拉一样，从贫穷中死去的男人的脸上看出尊严的。"

从阅览室高高的天花板照射下来的光线，将柔和的影子投在高领毛衣先生的侧脸上。周六的午后，人很少，只听到从各个书架之间传来轻轻翻动书页的响动。

"所以很令人悲伤。"

我说道，用只有面前的高领毛衣先生能够听到的声音说："可是奥斯维辛集中营影像集里的人们，什么也没有留下。何止是尊严，名字、头发都没有了，就连为他们哭泣的人也没有。"

高领毛衣先生默默地点点头。过长的额发，依然松散地垂在他的额头上。

"你不愧是芦屋市立图书馆最值得自豪的中学生借阅者啊。"

就如同将最值得自豪的证明颁发给我似的，高领毛衣先生把我这个星期新借的书和借书证递给了我。

"非常感谢！"

我赶紧把书和借书证放进手提袋里，鞠了个躬，跑出了图书馆。连自己也不知道为什么这么匆忙，一口气跑到了山打出车站。

今天，更新了和高领毛衣先生说话时长的记录。我虽然不知道高领毛衣先生的名字和年龄，但两个人之间只要是谈起书，就可以说很多话，这一点很让我惊讶。不对，说不定，我这样快跑不是因为惊讶，而是因为今天借的书的名字。屠格涅夫的《初恋》。为什么米娜恰好想要看这本让人脸红的书呢？他不会察觉到《初恋》的意思，对我有什么奇怪看法吧？我是因为害怕这个，才逃也似的从借阅处跑掉的。

脑海里不断回想着各种有的没有的，更加喘不上气来了。我跑过山打出天神社旁边，在国道左转，直到看到公交车站还是不停地奔跑。

但是我很清楚，关于影像集，那是我自己的想法，不是米娜或者任何别人的。这是我第一次将自己的想法传递给高领毛衣先生。我因此很开心，因此奔跑，仅此而已。

另一方面，米娜的初恋也有了很小的进展。排球训练有头无尾之后，暂无任何发展，但九月最后的星期三，来送货的青年罕见地主动跟米娜说话了。

"十月八日晚上，能看见贾可比尼流星雨①，你知道吗？"

米娜摇摇头。

原来星期三青年喜欢看星星，而不是打排球啊。我躲在 Fressy 动物园售票处旧址里这样想。然后向米娜送去无声的声援："哪怕是装出来的也好，你要表现得有兴趣一些呀。"

"据说贾可比尼彗星的轨道会接近地球，能看到这个世

---

① 贾可比尼流星雨（Giacobinids），又叫天龙座流星雨（October Dra-
conids），十月八日到十月十日前后，一般在傍晚时分能见到的突发性
流星群，其母体为短周期彗星贾可比尼·秦诺彗星（21p/Giacobini-
Zinner）。

纪最大的流星雨呢。"

"是吗？"

米娜的应对仍然很生硬。

"Fressy 饮料的商标是星星，所以我以为你也许会喜欢……"

青年指着刚刚回收的 Fressy 饮料的空瓶，两个人望着卡车的车斗沉默下来。

"光是盯着空瓶子有什么用啊。说什么都可以，谈点关于星星的话题呀。你看了那么多书，当然也看过有关星星的书啊，米娜。"我在 Fressy 动物园售票处旧址的黑暗里急得抓耳挠腮。

"在哪个天文台可以看到呢？"

米娜终于提了个像样的问题。

"不用去天文台，往天上看就能看见。我是想从奥池一带爬上六甲山顶去看。远离街道的灯光，可以看得更远。"

"哦……"

米娜再次把视线投向了空瓶。

你要请他也带你去呀，这不是绝好的机会吗？

"那我走了。"

我发出的无声声援没有起作用，米娜只是目送着登上卡车的青年的背影。

"你看。"

不过，米娜一看到从 Fressy 动物园售票处旧址出来的我，马上很愉快地伸出手给我看。她的手心里有个火柴盒，上面画着为了收集天女散花般坠落下来的流星，朝着夜空举起玻璃瓶的少女。

第二天傍晚，米田阿婆让我出去买东西。

"你去肉铺买些酱牛肉来。肉铺就在一进山手商业街的左边，和果子铺的正对面。分为大、中、小三种，你买两块中的。要包装成送礼的式样，千万不要忘了。记得住吗？两块中等的、送礼用的。"

就像嘱咐小孩子似的，米田阿婆反复叮嘱同样的话。

买完了要买的东西，穿过阪急线芦屋川站出来的人流，过人行横道时，我看到河对岸的幼儿园前面停着一辆卡车。我立刻想到那是星期三青年的卡车。

青年仍然戴着那个棒球帽穿着工作服，坐在芦屋川河边。大概是送完了一天的货，只剩下回工厂了吧。他很放松地把两条腿伸在草丛里，脸上浮现出从来没有对我和米娜露出过的笑容。他旁边坐着一个我不认识的女子。

　　啊，星期三青年原来是个有着这般灿烂笑容的人啊。我抱着牛肉包，心里想。从堆砌在河流中途的石头缝隙中流下来的水声和阪急线电车的声音，使我听不到他们在说什么。由于她的侧脸有一半隐在昏暗处，所以我看不清楚那个女人是不是像米娜那样漂亮。

　　但是可以确定的是，他们是特殊的关系。这一点就连我也能看出来。因为他们的手是握在一起的。

三十四

"晚上十一点还不睡觉的不是好孩子。"以此为由不让我们看慕尼黑奥运会实况直播的米田阿婆，是不可能痛快地同意我们去奥池一带爬上山顶看贾可比尼流星雨的。对此，米娜心知肚明，所以在说服的方法上下了一番功夫。她强调观测贾可比尼流星雨不单是娱乐，也是正经八百复习理科知识这一点。

"那个什么贾可比尼流星雨，到底是什么东西呀？"

可是，非常敏感的米田阿婆是不会轻易上钩的。

"是星星的名字呀。就像下雨一样的，流星会落下来的，据说本次是这个世纪最大的流星雨呢。这可是学习理科的绝好机会。"

米田阿婆抱起胳膊，思考着。

"我觉得星期日即使晚睡，但星期二又是假日，身体不会太疲劳的。"

怕米田阿婆担心自己发病，米娜先发制人。

"绝对不会累着，一旦觉得疲劳的话，我就马上回家。因为星星只能在夜里看哪。想要观测星星的话，除了晚睡之外没别的办法啊。朋子，我说的对吧？"

米娜越来越起劲地说服起来。本来我也打算帮米娜说话，但是目击了星期三青年约会现场之事，心烦意乱，没能够专心地帮她说服米田阿婆。

青年一定会和那个并肩坐在河边的女子一起开车去奥池看流星雨的。这可是个绝佳的约会机会。那个女人穿的不是正式场合穿的漂亮衣服，而是日常便装，还穿着凉鞋，所以估计是车站附近的商店里的售货员。她的随意穿着，更表明了两个人的亲密程度。

米娜想看流星雨的心情虽然是真的，但倘若一半是因为误以为青年想邀请自己去观看流星雨的话……而且如果在那里，米娜亲眼目睹青年和那个女子在一起的话……这样一想，我越发觉得倒不如米田阿婆不同意更好了。

最后，米田阿婆说："回头跟你爸爸商量一下吧，我一个人决定不了。"虽然姨夫不在家里，但他和芦屋之间似乎以孩子们所不知道的联络方式连接着。

姨夫的回复是：观测流星雨可以，但有一个条件，就是写出观测笔记。

"你爸爸回头会检查你们的学习成果。"米田阿婆说。

"这很容易，肯定会提交的。是吧，朋子？"

米娜高兴得跳起来。我也装出特别高兴的样子，以免引起她的怀疑。

奥池是位于六甲山半山腰的蓄水池。就是从米娜的 Y 小学旁边，进入通往有马的收费公路，再往山上去的途中。周边零零散散分布着一些疗养院或青年旅社，距离霓虹灯闪烁的市中心很远。而且在蓄水池边有儿童广场，也不用担心上厕所。正如星期三青年所说，是个观测星星的好地方。

批准我们的姨夫好像不会回来，这种时候还是得依靠小林阿伯。十月八日星期日，决定吃完晚饭，七点由小林阿伯开着小卡车送我们去。

米娜准备了一个新笔记本，封面上用粗大的字写了

"贾可比尼流星雨观测记录——1972 年 10 月 8 日（日）"。
我跑去图书馆，在高领毛衣先生的建议下，借了《不可思议的星空》《彗星的秘密》《发现流星》三本书。米娜把看过这几本书后的学习成果作为观测导入部分，归纳在笔记本上。

　　Ⅰ　观测的理由

　　流星像雨一样落下的现象非常罕见，也非常美丽。由于星星的时间比人类的时间流动缓慢，所以，如果这次错过的话，就可能很难再遇到下次的机会了。对贾可比尼流星雨的观测，可以说是了解宇宙知识的宝贵机会。而且星星是我们家的重要商标，我们一定能够怀着和打开 Fressy 饮料盖子时同样的亲切感进行观测的。

　　Ⅱ　关于贾可比尼流星雨

　　彗星轨道中散落着大量碎片，当地球穿过其运行轨道时，彗星碎片进入地球大气层燃烧，此时在地球上就能看见像下雨一样的流星。带来贾可比尼流星雨的彗星的准确名称叫作"贾可比尼·秦诺彗星"，每隔十三年接近地球一次。

方向是西北偏北。半夜时分高度会降低，因此，适合观测的时间段是从太阳落山到夜半之前。从天龙座的头部，呈放射状飞散下来。1933 年和 1946 年，一个小时里曾出现了几千到几万个流星。据说是非常缓慢，轻飘飘地，比起下雨来更像雪花一样降落下来的。

Ⅲ 携带的东西

观测笔记本、笔、指南针、计数器、手电筒（用红色胶带缠住以减少亮度）、便携灯、火柴、坐垫、毛毯、怀炉、热饮料、少量点心。

Ⅳ 共同观测者

朋子、小林阿伯、妞儿。

带着妞儿去比较好的意见，不知是谁提出来的，因为一下子得到了多数人的赞同而得以通过。

"有妞儿在的话，正好可以当保镖啊。"

"黑暗中突然出现这么个庞然大物，不管是什么样的坏家伙也得吓破胆了。"

"顺便让它去奥池游泳怎么样啊？有时候妞儿也想去宽敞的地方舒坦舒坦吧。"

"对了，妞儿是夜行性动物。到了夜里更精神呢。"

大家异口同声，认为妞儿作为共同观测者是多么合适。

我倒不觉得会有那样的坏人来观测流星，弄不好一向慢吞吞的妞儿，就像在院子里照相的时候那样会成为我们的累赘呢。我有些担忧，但是没有我发表异议的余地。

不巧，十月八日那天有些阴天。米娜从早上起就多次去露台，从云缝里眺望天空。电视新闻里说，为了寻求更好的观测场所，星星爱好者们前往北海道、东北、富士山、乘鞍以至苏联的伊尔库茨克。

到了出发时间，米娜和我都全副武装得不输于珠穆朗玛峰登山队队员。夜里山上太冷，无论穿多厚都不过分。因此，米田阿婆、姨妈、罗莎奶奶三个人轮番地把能找到的衣服都给我们穿上了。长袖法兰绒衬衣外套毛衣，再套上带帽子的大衣，再武装上毛裤、手套、滑雪鞋、狐皮围脖……完全无视图案和颜色而成的混搭，使得米娜几乎成了大理石花纹的毛线团了。

让孩子们穿得厚厚的还不够，她们对小林阿伯的穿戴也加以干涉。小林阿伯很顺从地多穿了一双袜子，还戴上了兔毛耳套。

"准备好了，就出发吧。"

小林阿伯把卡车挡板立起来，引诱妞儿上了卡车车斗，为了不让它被甩下去，还用绳子将项圈和车斗的挂钩系在一起。

在这个特殊的夜晚，大家都异常兴奋，只有小林阿伯像平常一样沉稳。尽管这个世纪最大的流星雨即将出现，他却和把米娜送去学校，收拾妞儿粪便的时候没有任何不同。一个人默默地检查着有没有忘带东西，暖瓶盖子盖严了没有，手电筒的电池有没有电。

开车后不久，卡车就被吸进了黑暗之中。坡道越来越陡了，注意转弯的标识在车灯光圈中不断出现又消失着。渐渐地，住家看不见了，茂密的森林更加剧了黑暗的深沉。途中，在芦有公路收费处，大叔热情地跟我们打招呼："是去看流星吧?"突然，他发现了妞儿，瞪大眼睛，找零钱的手直发抖，说不出话来了。

我把额头贴在车窗上，仰望夜空。虽然还看不到流星，但在心里祈祷：

"请不要让我们遇见星期三青年。"

三十五

小林阿伯把卡车停在了池边，我立刻四处张望起有没有星期三青年的卡车来。但是四周都被黑暗笼罩着，只有从对岸的儿童广场传来微弱的声音。

仔细一想，星期三青年不可能开着公司的卡车来约会，至于他平时使用什么车，我是不可能知道的。

"我想这一带可以安静地看星星……妞儿，时间不长，乖乖地等着啊。"

小林阿伯啪叽啪叽拍了拍妞儿的脑袋，把带的东西从车上拿下来，打开手电筒，远离儿童广场，进入环绕池水的森林里。穿得很臃肿的我和米娜互相紧挨着跟在他后面。

广场那边很可能遇见星期三青年，不愧是小林阿伯，很好，我心里暗想。

没走几步，就赫然出现了一个覆盖着杂草的空间。莫非他事先知道这个地方，所以找到这儿的？小林阿伯毫不犹豫地说："嗯，这里不错嘛。"然后把东西放在了地上。我们靠着手电筒的光亮，用指南针确认了西北偏北的方向，铺好了垫子。

"小林阿伯，先让妞儿去玩会儿吧。我们两个人没问题。"米娜说道。

"是吗？那我就带它去玩水了。有什么事的话，就吹这个通知我。"

虽然没有进入观测准备物品名单里，但小林阿伯给我和米娜的脖子上各挂了个哨子。

"要是能看到流星就好了。"

小林阿伯自言自语地嘟哝着，把兔毛耳罩扶正，回到妞儿待的地方去了。

我躺在垫子上，眼前的风景顿时变样了。黑暗远去了，在黢黑的视野中央，出现了一片群青色的夜空。从后背蒸腾出土地的味道，使我们不由得平静放松下来。这样目不转睛地看着夜空时，森林深处树木摇动的声音和鱼儿跳出水面的声音，都能够听到了。于是，我陷入了自己的身体渐渐变小，与此同时，夜空逐渐靠近过来的错觉中。

米娜打开观测笔记本，把计算流星数量的计数器紧握在左手里，摆好架势，随时等着那个时刻的到来。遗憾的是，夜空一直不清澈，好像下雾似的灰蒙蒙，偶尔有风吹来云彩流动的时候，才能从缝隙间看见星星。

"不过，会下来几万个呢，不要紧。"

"会穿透云彩下来的。"

我们这样互相打气。

"流星是死去的星星，你知道吗？"米娜说。

"真的？我以为是在旅行的星星呢。"

"不是的。流星之所以发出美丽的光，是被地球引力拽下来，和空气摩擦后燃烧的原因。"

"真的呀？"

"就是说，我们看得入迷的时候，流星燃烧没了，死掉了。"

"是嘛……就像在消失之前的火柴是最耀眼的一样啊。"

"地球曾经只是岩石，给它送来生命材料的是彗星啊。彗星不是由冰构成的星星吗？巨大的彗星撞上了刚刚诞生的地球，才给地球送来了形成海洋的东西。"

"那么，在贾可比尼彗星中，也包含着形成我们的原材料呀……可是，你怎么知道这些知识的呢？"

"图书馆的书里都有啊，还是朋子给我借来的呢。朋子就是给我送书来的彗星那样的人啊。对了，对了，你想许什么愿呢？流星下来的时候。"

我们躺在垫子上，米娜扭脸看着我。她脸的下半部埋没在过于蓬松的狐皮围脖里。小林阿伯的哨子从胸口滚落下来，在黑暗中，也能清晰地看见她睁着的大眼睛。

"米娜呢？"

"这个保密。对别人说了，就不灵了。"

"真滑头。那我也保密。"

"是吗？算了，没办法。"

米娜把哨子拿回到胸脯上，重新握紧了计数器。

那个时候，米娜想要对贾可比尼流星雨许的是什么愿呢？大概是治好哮喘病，和星期三青年更友好，妞儿活得长久，姨夫回家来吧。

也可能是我万万想不到的，就连狐狗狸也不知道的秘密的愿望吧。

要说我的愿望，难得遇到二十世纪最大的流星雨，却一直没有能够想好许什么愿。当然，孩子气的小愿望有好几个，但星期三青年的事还是让我心神不定。

只要听到从远处有车开过来，或是踩着池边杂草的脚步声，我就紧张起来，担心"该不是星期三青年和那个女子吧"。而且还要不被米娜察觉，自己偷偷地紧张。比起寻找流星来，发现他们的到来更折磨我的神经。

凝望着夜空时，他们两个肩膀紧挨着，手握在一起的身影便自动浮现在我眼前。每当此时，我就拼命地眨眼睛，驱散那个幻影。

无论落下来多少流星，能够实现的愿望恐怕也只有一个吧。无论如何，那个夜晚，我怀着的最迫切的念头只有一个，就是不要遇到星期三青年约会的情景。

"怎么老不来呢？"

"嗯。"

随着眼睛渐渐习惯了黑暗，云间可以看到的星星增多了，甚至能够分辨它们眨眼的频率。可是，哪里也看不出流星的预兆，夜空只是静静地横亘在天上。

"有没有什么预兆呢？是黎明时分那样天空发白呢，还是唰地发出响声呢？"

虽然只是一直躺着，我渐渐感到疲劳了。

"不知道，大概是无声地开始吧。这样重大的事。"

和我相反，米娜非常精神。不像我被这个那个的想法分神，她全身心地关注着夜空。

这时，我们听到了在池里游泳的妞儿的动静。这声音并没有打扰此时充满期待的气氛，反而使我们更深地沉入静谧之中。从它背上滴落下来的水珠，吸气时鼻子鼓起来的样子，随心所欲慢悠悠划水的小短腿，在黑暗中不断地浮现又消失。即使看不到他们，也知道小林阿伯和妞儿就守在我们身边。

"咱们休息一会儿吧。"

我提议。

"嗯，OK。"

米娜说着，从背包里拿出了便携灯，用火柴点亮了灯。米娜大衣口袋里的火柴盒当然是用玻璃瓶收集流星的少女的那个。

火柴的火苗最初的瞬间是橘红色，转眼间变成了青色，然后摇曳着映出了米娜的手指。在火柴的光亮里，她的手指显得更纤细了。一直等着燃烧到火柴杆儿，她才将火苗移到便携灯的灯芯上去。宛如在流星雨大量降落之前，一颗流星在米娜的手里闪烁一般。

　　我们喝着米田阿婆给我们准备的热柠檬水，吃了圆松饼。杂草被夜里的露水打湿，很凉，多亏穿着毛裤，一点也不觉得冷。

　　为了不影响已经准备就绪，可能马上就要洒下来的贾可比尼流星雨，我们小声地说话，不发出声音地让圆松饼在嘴里融化之后再咽下去。在这期间，我们也没有忘记仰望星空。

三十六

一九七二年秋天，贾可比尼流星雨为什么没有出现呢？

彗星轨道和尘埃尾轨道发生偏差；流星体变少；尘埃尾轨道中流星体分布不均，地球恰好从密度稀薄的部分通过……各种各样的推测，但最终，连天文学家们好像也弄不清楚是什么原因。

当天观测到流星的只限于北海道、长野县雾峰、新潟县弥彦村、大阪府能势妙见山等极少数地区，而且流星只有两到六颗的程度，没有如人们期待的像下雨一样。

远赴苏联伊尔库茨克的业余天文家，虽然赶上了好天气，却一颗流星也没有看到。

在那之后，哈雷彗星和狮子座流星群接近地球，迅速掀起了天文热时，人们提起自己在一九七二年的贾可比尼流星雨时做的事情。"我买了第一个望远镜"，"对她告白被拒绝了"，"我根本不知道会有那样的流星雨"……说什么的人都有。

我回答，那天是我有生以来第一次熬夜。那天我一夜未眠，迎来了朝阳，因此感到自己已经不再是个孩子了。

"米娜，夜晚比想象的长多了。"

"足够圣诞老人送礼物的时间。"

"嗯。"

"一想到在自己睡觉的时候，时间会过去这么多，就觉得很寂寞啊。"

玩水之后的妞儿，被小林阿伯牵着，迈着满足的步子走回来，然后一骨碌躺倒在地上，好像在说累死我了似的。不多久，它那黑色的躯体融入夜色中，看不见了。能够证明它在那里的只有尾巴拨动小草的轻微声音。小林阿伯沉默不语地坐在了妞儿旁边。

米娜合上了观测笔记本，我们已经明白了，无论等多长时间，贾可比尼流星雨也不会下来的。在黑夜的边缘，

晨曦静静地等候着。彗星正孤独地，在无人送别中远离我
们而去。

"回去吧。"

米娜说道。我和小林阿伯，当然还有妞儿都不反对。
米娜咔嚓咔嚓地使劲摁着没有一次使用机会的计数器。

"哟，坏了。"

不管怎么摁，计数器的数字仍然是0。

V 观测结果
没有观测到贾可比尼流星雨。

只是补充了这一行字的观测笔记本和坏了的计数器被
放在了姨夫书房里的桌子上。

尽管没有看成流星，但是我的祈祷实现了。幸好没有
遇到星期三青年。

第一天的晚报上登出了《宇宙秀落空》《天文爱好者很
失望》等文章，米娜注意到了角落里的一个很短的报道：

> 十月九日五点三十分，在新潟县○○村A川支流
> 的礁石滩上，琦玉县○○市的某团体职员○岛○夫先

生（39岁）倒在地上，被当地的民宿经营者发现。头部受到重击已经死亡。○岛先生前天和友人来溪流垂钓，但八日晚上十点左右去看贾可比尼流星雨，一个人离开民宿后，直到早晨也没有回来。据判断，他是想要观测流星时脚滑摔在了礁石上。

虽然因睡眠不足而脑袋晕晕乎乎的，但米娜一次也没有磕巴，朗读了这篇报道。就像全家人曾经为追随川端康成而自杀的独居老人祈祷那样，饭桌前的一家人也为那个职员祈了福。

与夏天从海上跑上来相反，芦屋的冬天，是从六甲山方向刮下来的。云的形状变化多端，摇撼树木的风呼呼作响，与此同时，大海逐渐远去。

十一月过后，起居室里生了暖炉。当然，点柴火的活儿非米娜莫属。

贾可比尼流星雨骚动之后最初的星期三，来送 Fressy 饮料的不是那个青年。虽然穿着同样的工作服，却是个和他完全不同的有着啤酒肚、爱唠叨的大叔。

"怎么不是以前的那个人呢?"

"送货路线变更了，所以换了人。从这个星期开始，我给您家送货。请多关照！"

"哦，这样啊。"

"还是照老样子，每次一箱吗？天气冷了，订 Fressy 饮料的客户少了。当然了，可可和柠檬茶销量增加，公司赚到钱了。看样子挺红火的，盼着冬天发红利呢。"

"那可真是羡慕啊。我家不管是夏天还是冬天，都是一个星期一箱。麻烦你了。"

"好的，知道了。"

大叔和米田阿婆在厨房里聊天，根本没有在意星期三青年的事。

米娜一动不动地悄然站在后门口。她穿着带兜的裙子，以便一得到新火柴盒就可以马上收起来。她的脑子里徒然回响着想要跟星期三青年说的有关没有出现的贾可比尼流星雨的话，茫然地注视着后门。

我从售票处旧址跑出来，朝着大叔喊道："以前的那个青年去哪儿了？"

"不知道，大概是去别的线路送货了吧？"

漠不关心似的回答后，大叔把啤酒肚挤到方向盘下面，开车走了。米娜两手插在空空的兜里，回自己的房间去了。

　　对这个结局，我感到自己负有不少责任。因为我觉得星期三青年消失不见，说不定是因为自己对流星许愿许过头的缘故。

　　米娜虽然没有跟我提起他，但每个星期三，都站在后门口等送货的卡车来。或许更换只是暂时的，还有可能换回去，也许她抱有这样的期待吧。可是很遗憾，每次都让她失望。

　　米娜又发病了，住进了甲南医院。我觉得倒不至于是这一打击所致，而是每到换季时就会出现的低气压造成的吧。

　　我决定去姨夫的工厂一趟。只是这样犹豫不决地等着不能解决问题。去工厂的话，就有可能见到那个青年，会了解到更详细的情况。采取这样有些风险的行动，是因为我负有这个责任。我这样想。

　　我先去了吸烟室，从姨妈堆得老高的找错材料里，找到了姨夫公司的广告杂志。我记得里面有参观工厂的指南。姨妈一天到晚去医院看护米娜，所以，我有充分的时间寻找。

　　每月第二、四个星期日，可以参观清凉饮料工厂。下午一点，于阪神线尼崎站前乘坐免费巴士可直达工厂。参观所需时间约一小时。赠送一份礼品（一瓶Fressy饮料）。你也想参观清凉饮料的制作过程吗？恭候您的光临！

怎么去阪神线尼崎站呢？我自己一个人能去吗？

我立刻去了图书馆。这个时候，能够对米娜和我的秘密毫不探究却仍然帮助我的人，只有高领毛衣先生了。

"没有什么难的。"

恰好高领毛衣先生在借阅处。

"带着这个的话，就不用担心了。火车路线图、设施索引都有。"

他借给我的是《大阪·神户详细地图》。

"图书馆里也有地图呀？"

"当然了。"

"可是，我还没有一个人离开过芦屋呢。"

"你没有问题，想去哪里都能行的。"

高领毛衣先生说。

三十七

从阪神线尼崎站出发的小巴士，穿过住宅街，过了几座高架桥和几条河，继续向前行驶。过了变电所、仓库、净水场，朝着大阪湾开了一会儿，不久就看到左手边的清凉饮料工厂。

小巴士里都是带着孩子的大人，只有我是一个人，但是我并没有感到不安。

正如高领毛衣先生说的那样，去阪神线尼崎站一点也不难。坐上和去图书馆一样的巴士，在阪神线芦屋站下车，然后坐上去往梅田方向的电车就可以了。而且小巴士直通工厂，不会迷路的。

手提袋里有高领毛衣先生借给我的《大阪·神户详细地图》和广告杂志，以及妈妈说"以备万一"悄悄给我的两千日元。钱叠得很小，夹在国语词典里。现在正是"以备万一"的时候，所以妈妈也不会生气的，我对自己说。

我对米田阿婆只是说去图书馆学习，就出来了。由于米娜住院，大家都心神不定的，很忙碌，所以没有多想什么。

小巴士一驶进有守卫的大门，就是一个宽敞的停车场，那里排列着很多很多涂有星形商标的熟悉卡车，与星期三青年每次开来的一样。初冬的阳光下，车斗里的清凉饮料灿灿发光，那光辉与远处大阪湾的粼粼波光连为一体。

"啊……"

我发出了感叹声。仅仅看到停车场便这般兴奋的，整个小巴士里只有我一个人。

这是个很漂亮的工厂，非常适合姨夫担任总经理的工厂。精密的仪器们有节奏地运转着，每个角落都保持得很清洁，从业人员都默默不语地埋头工作。所有的东西都体积巨大而且数量巨大，同时又井然有序，不失精致。仿佛姨夫的伟大全都变成了具体形状，呈现在这里了似的。

"这里，大阪工厂的占地面积是 12 万平方米，有 3 个
甲子园球场那么大。从业人员约 200 名，一天生产 90 万瓶
清凉饮料。"

带领我们参观的是一个穿着天蓝色制服、脖子上系着
星形丝巾的姐姐。我们一边听着她的讲解，一边沿着参观
线路往前走。从二楼上俯看玻璃围起来的工厂，可以看到
制造产品的全过程。坐同一个小巴士来的人们为了不掉队，
聚成一团紧跟着那个姐姐。

"这里是洗净以及检查瓶子的地方。从顾客那里回收的
空瓶子用八十摄氏度的温水洗净、消毒，然后目视检查有
没有瓶体破损或模糊的情况。那边的洗瓶子机器，是日本
独一无二的最新型机器，一次可清洗 98000 个空瓶子。另
外，经过训练的目视检查员一分钟能够检查 200 个空
瓶子。"

解说员姐姐一直保持着微笑，宛如研发这些机器或训
练检查员的是自己一样，以自信满满的语调讲解着。大人
们都点头感叹着，小孩子们把脸贴在玻璃上或是在通道里
来回乱跑。

真正值得自豪的不是这个姐姐，而是作为总经理的姨
夫呀，我真想对着眼前的这些人大声叫喊。但同时也产生

了担心，这个工厂这么庞大，寻找星期三青年恐怕不是那么容易。

"下面请往这边走。左边有三个胶囊形状的罐子。那是清凉饮料的搅拌罐，直径 2 米，高度有 4 米。您问里面有什么吗？里面装的是糖、香料、酸味剂等原材料。在那里面隐藏着清凉饮料爽口好喝的全部元素，要问具体是些什么，很遗憾，不能进一步说明了。是的，很抱歉！"

解说员姐姐的解说更加声情并茂了。每当说话时，丝巾就一点点往后面移动，她一边讲解，一边将丝巾结移回原处。

我仔细查看着机器四周的从业人员。因为我觉得说不定送货员除了送货的日子之外，也会在工厂里工作。但是，他们都穿着白色的工作服，戴着白色头巾，穿着白色长靴子，看不出长相。

"下面，终于要把清凉饮料装瓶了。空瓶子在传送带上被一个个送往填充机。这填充机也具有日本第一的性能……啊，从这个角度看，可以清晰地看到清凉饮料进入瓶子里的样子。怎么样？顺时针转一圈，几乎是一瞬间，瓶子就灌满了。在填充机旁边的是加盖机，就是把瓶盖儿盖上的机器。最后由目视检查员再次进行检验。比起速度来，最重要的是清洁、安全。在这里工作的所有从业人员都把顾客说'很好喝'当作最高的快乐，每天努力……"

大家都想要更清楚地看到清凉饮料完成的所有工序，把脸贴在玻璃上。

尽管只隔着一层玻璃，但看上去一切都离得很远。从洗瓶机飞溅出来的水滴，天花板上垂下的"小心头上"的牌子，目视检查员们目不转睛地盯着瓶子的样子，好像都是发生在我够不到的秘密王国里似的。

无休止地隆隆作响的机器，将其他细小的杂音全部吸收进去，反而造成了奇妙的安静。一身白装的人们几乎不说话，将所有的精力倾注于清凉饮料。活塞压出适度的力，齿轮咬合得分毫不差，传送带保持着一定的速度运行。仿佛为了回应他们的这般全力以赴似的，清凉饮料的瓶子们也都排着整齐的队列，耐心地等候着自己的次序，被盖上盖子后，自豪地摇晃肩膀。

空瓶子被源源不断地运来，清凉饮料被源源不断地生产出来。没有尽头。尽管如此，工厂里没有一丝疲劳的影子。在灰色机器的包围之中，只有淡蓝色的清凉饮料沐浴着光明，接受着祝福。

我完全没有想到，迄今为止不经意喝着的清凉饮料，竟然是被这样大规模、程序复杂地制作出来的。我为以前自己的不礼貌向 Fressy 饮料道歉，同时也更加深了对清凉饮料王国的国王姨夫的尊敬。

"好了，各位。"

解说员姐姐提高了动听的声调。

"在那边的休息室里，给大家准备了 Fressy 饮料和点心，请慢慢享用。还有，回去的巴士，出发时间是三点。请于两点五十五分在正门玄关集合。"

小孩子们发出欢呼，朝着参观通道尽头的房间跑去。休息室里给每个人准备了一瓶 Fressy 饮料和一纸碟子圆松饼。

"该干正事了。"

我对自己说道。对讲解员姐姐的心意很感谢，不过，我现在可没有时间品尝圆松饼。

虽然没有多少把握，我还是溜出了休息室，打算去送货车停放的停车场看看。倘若在工厂里很难找到青年的话，那么，线索只能是在卡车那边了。

我走楼梯下到一层，装作去厕所，一直朝走廊里面走去，从员工专用入口来到外面，穿过蓄水罐、叉车、堆积如山的箱子，往停车场跑去。虽然遇到了几个工厂的人，但在迅速判断不是星期三青年后，低着头擦肩而过，以免对方搭话。

停车场上没有人。也许星期日没有配送吧。刚才没有注意，其实那里不但有卡车，还有一般的车、我们来时坐的小巴士、摩托车，一应俱全。它们都整齐地待在自己的位置上，没有一辆车不守纪律。

不经意往停车场角落一看，发现那儿有个预制板小屋。也就比 Fressy 动物园售票处大了一圈，是个很朴素的小屋。

"调度科"，门上的牌子这样写着。没有锁门，我一把就推开了门。

里面只有一个办公桌、两把椅子、一个储物柜，很昏暗。我看到桌子上随意放着一本很旧的大本子——车辆运行记录册。

我慢慢地伸出手，刚打开它，只听耳边响起了沙哑的声音。

"你干什么呢?"

我吓得一激灵，"呀"地叫了起来。

三十八

"你干什么呢?"

说话的人更加不高兴地问。

"对不起,对不起。"

我慌忙把车辆运行记录册扔在了桌上。

"对不起,我是来工厂参观的。"

"这里应该不属于参观的范围吧?"

"是的,对不起。我迷路了,是我不对。"

我一个劲地道歉。那个人还是充满疑问地盯着我看。

这个人到底躲在什么地方呢? 刚才往里看的时候,根本没看见有人,谁料他突然从储物柜后面像蝙蝠似的冒了出来。

他是个老得有点可怕的老大爷。即便是看惯了罗莎奶奶和米田阿婆的我,也吓得不由倒退几步。他骨瘦如柴,个头和我差不多,脑门黑亮,只有耳朵后面丛生着头发。肥大的工作服使得他动作笨拙,从掉了门牙的缺口咝咝地漏着风。

"你看这种东西,发现什么有意思的东西了吗?"

他用下巴示意那本车辆运行记录册。胸牌上写的是"科长"。

蝙蝠科长肯定看透了这个入侵者不是单纯迷了路,不然的话,不可能用这么冷峻的目光看我。怎么办呢?说多少实话最好呢?我拼命思考起来。

"告诉你,我呢……"

没等我辩解,科长先唠叨起来。

"担任这个职位已经五十多年了。从前任总经理的时候开始我就一直管理调度科。找遍整个公司,也找不到一个比我更详细准确地了解这个大停车场的人。"

科长坐在办公桌前,费劲地架起了二郎腿。我默默地点点头。

"从每一辆卡车发动机的声音,到墙根生长的野草种类，没有我不知道的。即便是一辆三轮车，也别想从我眼皮底下开进开出。"

"啊，真的呀。"

我故作非常钦佩地说道。科长咳嗽了一声，拢着所剩无几的头发，头皮屑纷纷飘落在记录册上。

"那么，就是说不仅是卡车，对驾驶卡车的人，您也都很清楚了？"

"那是当然了。"

从门牙缝隙间，这回是唾沫飞出来。

"根据送货员的驾驶技术、性格、工作情况分配卡车，把商品安全送到是调度科的工作，是我的使命，你看那个。"

科长挽起过长的袖口，指着墙上。那里挂着一个小黑板。

"你看看写的什么？"

"连续 7281 天零事故。"

"没错。到今天为止，连续 7281 天，我们公司的车一辆也没有发生事故。所有的送货员都在我的监督之下。要是从我面前不打招呼就过去的送货员，肯定有问题。"

"每星期三也有人给我家送货。"

抬头瞧我的科长眼睛红红的，堆着眼屎。

"是个年轻的大哥哥，非常温和。可是最近，换成了别的人……"

"你家在哪儿?"

"在芦屋。"

"芦屋? 啊，星期三的芦屋——西宫北边那条线呀。噢，就是那个爱答不理的送货员吧。他不干了。"

"不干了?"

"结了婚，回老家了。"

"结婚?"

出乎意料的回答使我很吃惊，只能重复着科长的话。

"不过，有这么多卡车，您怎么不看资料就能马上知道呢?"

"小看我可不应该哦。刚才我也说了，有关这个停车场的事情没有我不知道的。全都在这里面呢。"

科长得意地戳着自己的太阳穴。

结婚……肯定是芦屋川边坐在他身边的那个人。是在贾可比尼流星雨之夜，在奥池向她求婚的吧。米娜紧握着坏了的计数器的那个夜晚……

我的眼前浮现出了住院的米娜的脸，叹了口气。此时，我的视线忽然停留在翻开的车辆运行记录册上了。与科长的风貌不太相符，他的字体规规矩矩，沿着格线写着"〇月〇日，总经理车：工厂→堂岛事务所→江坂皇家公寓"、"〇月〇日，总经理车：工厂→物流中心→江坂皇家公寓"、"〇月〇日，总经理车：工厂→堂岛事务所→国际会议大厦→新大阪饭店→江坂皇家公寓"。

"江坂皇家公寓"是什么地方呢？为什么姨夫的车老是去那里呢？

我的脑子越来越混乱，就连自己为什么站在这个预制板小屋里也不明白了。科长有机会尽情地夸耀了自己一通，很是自得，从工作服上衣的胸袋里掏出一盒烟，用火柴点着了。

火柴？

我看见了科长那蝙蝠翅膀般青筋暴露的浅黑色手心里的，是用瓶子收集流星的少女。她现在已经收集完了流星，正在给一个个瓶子盖上盖子呢。

"科长，"我说，"可以的话，把那个火柴盒给我好吗？"

我全速跑到正门玄关时，小巴士已经开始发动，即将发车了。我坐到自己的座位上，一边喘气，一边打开《大阪·神户详细地图》，查找"江坂"这个地名。正如高领毛衣先生所说，果然找到了那个地名，而且知道了在梅田站换乘地铁御堂筋线，第五站就是。

从来没有听说过的地方，我一个人能去吗？就连到尼崎来都提心吊胆的，换乘地铁这么难的事情，自己到底行不行呢？不，先不说这个，自己到底要去那里干什么呢？

我把手伸进手提袋里，攥住了火柴盒。那样可怕的蝙蝠科长居然很痛快地把火柴盒扔给了我，好像很清楚那个小盒子会起到什么作用似的。如果真是这样，那么自诩对那个停车场无所不知的科长说的话，都是真实的。

在我的心里，一直回响着高领毛衣先生说的"你没有问题"这句话。小巴士一到达阪神线尼崎站，我就登上了与回芦屋方向相反的开往梅田的电车。

梅田站简直是个人满为患的迷宫。而且这里没有一个自己认识的人，为了换地铁，我问了十个人以上。最后问到的一位老奶奶很担心我似的，拉着我的手去了售票处，而且还问我："你带钱了吗？"

到了江坂之后，我也不停地向路人询问：

"请问皇家公寓在哪里？"

我什么也不想，朝着人家指的方向走去。

邮局，骨科医院，公民馆，抬头看见名神高速公路横跨空中。这里和芦屋的氛围截然不同。哪里也看不到山，也感受不到一点大海的气息，无论看哪里，映入眼帘的一切都是那么生疏。

皇家公寓在餐馆和杂货铺密集的胡同里，它并非如"皇家"这个名称那么漂亮。玄关花坛里的花枯萎了，露台的栏杆处处生了锈，后门的垃圾桶里聚集着苍蝇。

但是，我立刻知道了这里就是车辆运行记录册里记载的那个地方。因为我看到姨夫的奔驰车，那辆漂亮得耀眼的奔驰车就停在停车场里。

三十九

我悄悄地走近奔驰车。回想起在新神户站第一次看到它时的震惊。回想起靠着汽车发动机盖的姨夫，他修长的四肢和栗色的眼睛，与车体的曲线是那么协调。制服店店主、苏塞特可丽饼和须磨海岸等等，各种画面轮番出现在奔驰车的窗户玻璃上，然后又消失。

停车场的号码是 202。我重新握紧手提袋走进了公寓的玄关，看向左边的信箱。管理员室的小窗口拉着窗帘。202 号室的信箱上写着一个女人的名字。

现在已经想不起来那个名字了。我觉得是个和"米娜"或"罗莎"都不一样，没有什么特征的、随处可见的普通名字。我只在那个星期日的下午曾看过她的名字。那以后，无论是在芦屋的家里，还是别的地方，都没有听到过那个名字，也绝对没有对别人说过。

由于太长时间保守这个秘密的缘故，以至于我觉得那天的事情莫非全都是梦境。十三岁的我，穿着妈妈给我做的无袖连衣裙，孤零零一个人站在江坂皇家公寓的玄关大厅里。我什么也做不了，只能凝视着 202 号室的信箱。撕破了的小酒馆广告从里面露出来。

我记得自己觉得 202 这个数字特别可恨。因为看上去两个 2 温柔地把 0 夹在中间，友好地并排而坐。有 203，也有 301，为什么偏偏是 202 号室呢？我觉得这件事太不像话了。姨夫、奔驰、制服店店主、苏塞特可丽饼和须磨海岸，以及刚才在工厂感受到的感慨全都因为 202 被弄脏了。我就是这样的心情。

到底是为什么这样做，我自己也无法解释。准备回去时，我从手提袋里把工厂的广告杂志拿出来，在姨妈找出的 "Nressy" 上画了一个大圈，夹在奔驰的雨刷上。

回到芦屋时，天已经黑下来了。路灯亮起，天上挂着月牙。我慢慢地爬上了通往家里的坡道。没有想到这个星期日是如此漫长，只觉得疲劳至极，两腿沉重。

拐过最后一个弯时，我看见门口聚集着好几个人影。

"朋子。"

第一个从那群影子里跑出来的是罗莎奶奶。她举起拐杖，一瘸一拐地拖着脚步，不停地喊我的名字。从她身后，一个个出现了大家的身影，转眼间就包围了我。

"你去哪儿了？这么晚才回来，多让人担心啊。"

"去图书馆接你了，可是今天图书馆休息。"

"我简直怕得要死呢。"

"朋子平安回来了，这就足够了。"

快要哭出来的姨妈靠近我，一向冷静的小林阿伯也好像特别不安似的。也不知道为什么米田阿婆端着三明治盘子，仿佛现在不吃我就会晕倒似的，催促着"快吃吧，快吃吧，肚子饿了吧"，当下就要让我吃。

看到他们的样子，我才知道他们对我有多么担心了。闻到面包、奶油和火腿的香味，我才发觉自己有多饿了。

但是最让我吃惊的是，这群人里也有姨夫。姨夫虽然对我露出平日的笑容，我却陷入了熟悉的家人中有一个陌生人混在里面的心情里。

是担心我回来晚的姨妈，打电话给姨夫求助的，她万万想不到当时我正在江坂皇家公寓门口转悠呢。姨夫比坐电车回来的我早一步开着奔驰回了芦屋。这些情况是过了一些时候我才知道的。

"正是米娜住院的紧张时期，给大家添乱了，真是对不起。"

但是没有人听我这些道歉的话。

"先进来吧。"

"赶紧先吃饭吧。"

"幸好没有告诉东京那边，要不该跟着担心了。"

"啊，太好了，太好了。"

也许是彻底放了心，大家的话都多了起来，纷纷说着自己想说的话，根本没有人听我的解释。

为什么当时没有人问我去了哪里呢？既然知道了图书馆休息，理应产生疑问的。

我还编了个适合自己的故事：有个中学同学邀请我去了梅田的商场购物，我想用妈妈悄悄给我的零花钱玩玩儿。因为米娜不在家，正是个机会。请原谅。可是大家什么也没有问，这个谎话也就不用说了。

　　大概他们是觉得我还是个孩子，想妈妈了就跑出去瞎转悠，可以理解。或许他们只是太担心而感觉疲惫，懒得再刨根问底了。有时候我想其实大家什么都知道了吧，知道我去的是一个无论他们怎么问我都不可能告诉的地方。

　　那天晚上，我去了姨夫的书房。

　　"啊，朋子。"

　　家里非常安静，丝毫看不出刚刚发生了那么大的骚动，只能听到暖炉里的劈柴噼啪作响的声音。

　　"睡不着吗？"

　　姨夫正坐在沙发上看书。我摇了摇头。

　　"今天，对不起了。"

　　"没关系。"

　　姨夫没有再说什么，慢慢地架起了腿，把书放在膝盖上。他的眼睛看着我，仿佛在说，有什么话尽管说，我会听你说的。

　　脚边的地毯很柔软，房间里的灯把墙壁照出了糖稀色，座钟在装饰架上嘀嗒嘀嗒响着。窗户外面，雕刻着一串串葡萄的露台栏杆浮现在黑暗中。更远处，妞儿在吃草。

　　我想不出一句向姨夫发问的话来。这样沉默着的时候，只觉得脑子里即将浮现出蝙蝠科长在车辆运行记录册写"总经理车→江坂皇家公寓"时的样子，以及姨夫从 202 号室的信箱里拿信时的样子，心里非常害怕。

书桌上放着贾可比尼流星雨观测笔记本和坏了的计数器，还有在"Nressy"上画了一个大圈的广告杂志。原来姨夫没有把它撕了扔掉，而是拿回了家。

"晚安。"

我小声说道。

"晚安。"

姨夫翻开了书。

走出房间的时候，我再一次回头说道：

"米娜的计数器，请修好吧。还有，那个错字。谢谢。"

米娜顺利出院了。

"听我跟你说，"我们在光照浴室的床铺上面对面坐着，"你住院的时候，发生了好多事呢。"

米娜点点头。

"星期三青年来跟你告别了。"

光照一边嘎达嘎达颤抖着，一边温暖着我们的后背。

"青年要去很远的地方送货了，不会再来这边。不过，他说绝对忘不了米娜的。现在青年肯定在某个城市里配送清凉饮料呢。每当看到火柴盒时，他就会想起一个特别喜欢火柴盒的女孩子。对了，这是他给你的告别礼物。"

我把那个少女给收集流星的瓶子盖上盖子的火柴盒递给了米娜。光照电源到时间自动关闭，房间里黑下来了，而米娜仍然目不转睛地看着火柴盒。

我忽然觉得耳垂痒痒起来。啊，原来这是天使的口信。我知道天使在我的耳垂上缝补着翅膀呢。

四十

今天是第二学期的结业式。拿着通知书从学校回家的路上，看见了米娜。我走下坡道时，正好从下面的拐角处，骑着妞儿的米娜出现了。

从妞儿圆滚滚的身子下延伸出来的可爱小短腿，一步一步地踩着陡陡的坡道爬上来。它垂着脑袋，偶尔一边不明所以地嚅动嘴巴一边盯着地面。它的眼睛虽然又小又呆，令人担心到底管用不管用，但迈出的步子却很坚实，脚指甲摩擦柏油路发出的声音甚至有几分雄壮。黑褐色的皮肤上，染上了多年服役的岁月痕迹。

米娜为了不吸入冷风，用围脖遮住了嘴巴，很放松地随着妞儿摇晃着身体。她还没有看见我，装着围嘴的餐具袋放在膝盖上。仿佛只要有妞儿在，就什么也不用担心，她的周身洋溢着安心的气息。

小林阿伯像以往一样，抓着代替缰绳的缨子，时刻留意着妞儿的晃动是否过大，有没有汽车经过。既不招摇，也不多话，始终是一副自己所做的都是些不值一提的小事的态度。虽说如此，当我们需要他的时候，小林阿伯必定在我们身边，起着谁也不能替代的作用。

妞儿、米娜和小林阿伯，他们三个是一个团队。团队形态完整，没有一点走形，他们互相平等地支持对方，缺少了谁也不成立。

"朋子。"

米娜看见了我。小林阿伯抬起手打招呼。妞儿只是扬起一下脸，好像在说只剩下几米路我还要继续工作，摇动着尾巴，默默地爬上了最后几步坡道。

"朋子，通知书怎么样啊？"

米娜声音响亮地问道。

圣诞节到了。本来预定趁着东京的裁缝学校放寒假，回冈山和妈妈一起过年。可是，妈妈得了流感，回不了冈山。结果，寒假期间我也住在了芦屋。然而，这么让人沮丧的消息，却被即将过有生以来最幸福美好的圣诞节的预感一下子吹走了。我甚至很想感谢得了流感的妈妈呢。

随着圣诞节的临近，后门出现了各种各样从店铺来送货的人。他们送来的东西大多是我从来没有见到过的、连名字都不知道的商品。颜色奇怪的粉末，多半是当地摘来的一束束小树枝，饰有罗马字母的罐头，装在理科实验用的那种小瓶子里的液体……

每次我问这是干什么用的，罗莎奶奶都耐心地回答我，可是多得根本记不住。青葱、留兰香、雪莉酒、姜粉、凤尾鱼、迷迭香……这些全都是圣诞节料理要使用的，每一样都拥有和圣诞节非常吻合、魅力无穷的名称。

是的，圣诞节料理的总指挥不是米田阿婆而是罗莎奶奶。一进入圣诞节周，罗莎奶奶就以"这回该轮到我出场了"的姿态进入厨房，作为负责人发号施令，给米娜、我和米田阿婆下达各种指示。只有这一段时间，在厨房里的米田阿婆和罗莎奶奶的角色是完全颠倒的。

送来的东西里最令我吃惊的还是被捆在花店卡车上送

来的杉树。看样子是刚刚砍伐的，还散发着新鲜的泥土味儿，树枝因朝露而潮乎乎的。我起初甚至没有意识到那就是圣诞树。

"什么，你说是圣诞树？圣诞树不是塑料的吗？"

就连那种塑料做的圣诞树，在冈山的家里也从来没有装饰过。

"怎么能使用塑料的呢？不需要那样的。树，有的是。"

罗莎奶奶说道。每年都是这样，已经习惯了似的，花店的人很利落地把杉树安置在起居室的钢琴旁边。

不单是料理，有关圣诞节的任何事情都必须有罗莎奶奶的指示。从阁楼里的储物间把圣诞树的装饰物拿下来，把平时不使用的银质餐具或猫腿陶锅、红色的桌布准备出来，在家里四处摆上蜡烛台，在玄关门上装饰柊树环。

在这些过程中，作为罗莎奶奶的手脚替她干活的是姨夫。自从那个星期日以来，姨夫一直住在家里。这是我来芦屋之后的最长纪录。

罗莎奶奶突然精神起来。这是因为圣诞节呢，还是因为姨夫在家里呢，不好判断。不管怎么说，她的气色特别好，声音也格外响亮，拐杖常常作为指挥棒使用而不是支撑身体的工具了。

家里人全都依赖着罗莎奶奶。她浑身充满了"决不可因为自己出错，把圣诞节搞砸了"的劲头，哪怕只是一个小勺子，一个星星挂饰也不放过，为了不破坏刻在那上面的幸福风景而加倍小心。

填馅蛋、烤鸡、土豆泥、红莓苔、水芹汤、水果拼盘、姜末饼干，这些好吃的都是我们在那个厨房里做出来的。不锈钢在阳光下闪闪发光，煤气炉没有闲着的时候，搅拌机响个不停。热气冒出来，粉末飘舞飞扬，香味和甜味混合在一起。说笑声不绝于耳。

高潮是往光溜溜的鸡肚子里塞东西的时候。鸡被拔光了毛后，鸡皮疙瘩一粒粒清晰可见，腿被风筝线捆得直直的。

"这是一只童子鸡，所以这么水灵。里面都掏空了，是肉铺的人给弄干净的，所以不用怕。"

罗莎奶奶对畏缩的我说道。

"就是这样塞。朋子，从屁股的窟窿里，这样使劲塞进去。"

米娜已经习惯，她那大胆的架势看得我瞠目结舌。我不由得回想起妞儿的那个特技。米田阿婆站在一边搅动锅里的汤，扑哧笑了一声。

填充物是用黄油拌好的鸡肝、洋葱、板栗和香料。我提心吊胆地抓着鸡的脚，一边在心里说着"对不起啊"，一边把这些东西塞进去。米娜也不顾满手都是黏黏糊糊的油，抚摸着鼓起来的鸡肚子，说："好了，这下子就好吃了。"

我和米娜把土豆捣烂，挑出有虫眼儿的红莓苔，用模子给姜末饼干的生面扣出花样。我们注意着调节烤箱的温度，给煮鸡蛋剥壳，剪留兰香枝子。只是这么制作，就知道这些东西会有多么好吃了。

当然，也给妞儿做了特别菜肴。是用南天果实装饰的三层干草蛋糕。

一个料理完成后，米田阿婆就捧着它让罗莎奶奶慢悠悠地品尝。罗莎奶奶用小勺撇一勺送进嘴巴里，假牙嘎吱嘎吱地响着，嚅动一会儿后说："好吃，合格。"

那个一九七二年，是罗莎奶奶最后一次坐镇圣诞节。每当回想起此事，便非常感谢上天给了我这样的幸运让我能在那里。杉树上挂着的各种饰物，烛光，家庭料理，以及充满深情祝愿的圣诞礼物。圣诞节这天，我所接触到的任何东西都充满了罗莎奶奶的温暖。

罗莎奶奶和米田阿婆，在米娜的伴奏下，唱了很多圣诞节歌曲。依然动听的和声，使大家都陶醉了。多年来不离不弃的二重唱，仿佛从出生之前就是这样一般，互相缠绕依偎着。圣诞节永远不结束就好了，我向神明祈祷着不可能实现的愿望。

我睡得很香甜。吃得饱饱的，被窝里很暖和，应该可以非常放松地迎来清晨吧；朝阳映照下的圣诞树一定特别美丽吧；早饭时，就蘸着牛奶吃昨天剩下的姜末饼干吧。在梦里，我还这么想着。

可是，睁开眼睛时，外面漆黑一片。怎么会醒来呢？我好一会儿没有明白过来。这时才意识到警报在响。这刺耳的声音划破了鼓膜、黑暗和圣诞节的余韵，在整座房子里回响着。

四十一

"大家都起来！"

接着听到了姨夫的声音。

"米娜、朋子，都穿上外衣。"

这期间，警报一直在响。我从床上爬下来，想打开房间里的灯，可是好像停电了，怎么摁开关，还是黑的。

"朋子，往这边走。不要慌。"

我朝着声音的方向，摸着走廊的墙壁往前走，便投入了姨夫的怀里。米娜已经在姨夫的怀抱里了，她的身体微微颤抖着。

姨夫搂着我们走下楼去。在玄关大厅里，姨妈、罗莎奶奶和米田阿婆已经站在那里了。她们都穿着睡衣。

"咱们家在上风头，不用担心。保险起见，去外面躲躲，看看情况再说。"

"你呢？"

"我收拾一下贵重物品，随后就去。"

"没事吗？马上就来啊。"

"知道了，没那么严重。好了，大家都跟着妈妈，不要掉队。"

除了发出指示的姨夫之外，大家都没说话。米田阿婆把大家的鞋都摆好，罗莎奶奶重新戴好了发网。走出玄关时我回头一看，几个小时之前还闪烁光辉的圣诞树，变成了一个黑影沉没在黑暗中。

不知怎么外面很亮。玄关的照明灭了，天空也看不见月亮，可是在黑暗的远处，却呈现出一片绚丽迷人的橙色。不禁让人以为，此时贾可比尼流星雨才降临，全部集中到那里正熊熊燃烧着似的。

"那是山火。"

米娜小声说。

我们打开正门的锁，来到了北面的公路上。住在附近的一些人站在路边，不安地望着着火的方向。家里的警报铃还在响，但不久便被消防车的警笛声盖过了。

"不会烧过来吧?"

"不好说，风向要是变了，就让人担心了。"

"是不小心引起的吗?"

"最近要是发出干燥预警就好了。"

附近的人们聚过来，悄声议论，我们只是默默地听着。一家人都围绕着姨妈，一动不动地挨在一起，仿佛在告诫自己，要听从姨夫的命令，尽可能不乱说乱动。

起火的是和中学相反的东北方向的山上。火苗不停地变幻着形状，冒出烟雾，散发着火星。天空非常黑暗，无论看哪边都看不到一点光，只有那边很明亮。火苗时而爬上山脊，时而飞上高空，色彩一点点变深。我感觉就像在眺望遥远的梦境里的风景，又好像火蛇眼看着就要烧到家里来了似的。

米娜肩上披的外套掉下来她也没有发现，不眨眼地盯着山火。染成橘黄色的眼珠随着迎风飘舞的火焰一起晃动。那是比她曾经点燃过的任何一次火苗都庞大而狂野得多的，将米娜的全身包裹起来都绰绰有余的火焰。

"爸爸没事吧?"

姨妈自言自语。

"那么大的火星……"

"消防车已经来了，会立刻扑灭的。篱笆墙那么厚，不会烧到家里来的。没事。"

罗莎奶奶说。

"是的，是的。"

米田阿婆很用力地点点头。

但是，无论怎样想要镇定，山火在蔓延这一事实是无法掩盖的。消防车只是一直在鸣笛，从我们站的地方根本看不见他们打算怎样灭火。在警笛声的间歇中听到了树枝燃烧的噼里啪啦的声音，火星乘风肆意飞向空中。

"爸爸是不是时间太长了？贵重品无所谓的，应该马上开车下山呀。"

姨妈的声音沙哑。

"我去叫他。"

想要回家去的姨妈，被罗莎奶奶阻止了。

"他不会乱来的，什么时候都不会出错的。就照他说的，在这里等着就行了。"

我们为了克服不安的心情，更近地靠在一起。每个人都挨着另一个人的身体。姨妈挽着罗莎奶奶的胳膊，罗莎奶奶抱着米娜的肩膀，米娜抓着米田阿婆的睡袍纽扣，米田阿婆把手按在我的后背上。风虽然很冷，我却一点也不觉得。

"哎呀，让你们久等了。"

这时，姨夫终于从玄关出来了。大家这么担心，他居然换了西服，连头发都梳理得整整齐齐。我们快步跑过去，把姨夫裹入了圈子里。我抓住了姨夫的皮带。

这样就不担心了，所有的人都聚在一起，没有任何可害怕的。姨妈也能够安心了。绝对不能放开这个皮带。我心里想。

"从二楼上的露台往下看，距离很远的。虽然觉得不必大惊小怪，不过，已经安排好去深江的宿舍避难了。好了，大家上车吧。"

姨夫的口气就像去郊游一般。

"啊，那个地方是哪里呀？很远吗？"

我仍旧抓着皮带问道。姨夫温柔地回答：

"开车不到十分钟，是公司的单身宿舍。什么也不用担心。"

看不见火光以后，就相当于真的去郊游了。坐在超载的奔驰里，我和米娜为这样的短途兜风而兴奋，到达之后，我们饶有兴致地打量着单身宿舍，就连对半夜三更特意来迎接我们的管理员也忘了说感谢了。

单身宿舍的空房间是双层铺，在这种意料之外的新奇地方一起过夜，足以让我和米娜欢喜雀跃。刚才的恐惧早已忘在了脑后。在管理员室休息的大人们安静下来后，我们俩仍然一个上铺一个下铺地说个没完，仿佛圣诞节宴席还没有结束似的。最后我们得出结论，山火可能是圣诞老人送来的比较奇特的礼物吧。

次日早晨，回到芦屋一看，才知道虽然闹得那样沸沸扬扬，其实山火并不严重。只是山脊的极少一部分烧焦了，山顶一带都静静地笼罩在朝雾里。房子没有一间受损，特意出去避难的好像只有我们一家。附近的人们都在打扫自家门前，或是去上班，像平日一样平静。

警报停了，电也来了。米田阿婆急匆匆地开始准备早饭。餐桌上还铺着红色的桌布，烛台的碟子里凝固着融化了的蜡烛，圣诞树顶上挂着的银色星星沐浴着朝阳，闪闪发光。不过，姨夫、米娜和我，还是去院子里进行检查，看看有没有什么异常情况。

最初发现问题的是米娜。

"妞儿!"

宅邸里响彻着米娜的叫声。

妞儿侧身漂浮在池塘里。由于它平时总是一副傻乎乎的样子，最初的瞬间，我以为它只是把游泳的姿势搞错了。肯定是这么回事，我对自己说。

"妞儿。"

米娜这回很温柔地、讨好般地用平时一起玩时的口吻叫它。可是妞儿没有动弹。以前老是在咀嚼的嘴巴半张着，它身体上最活跃的尾巴一直无力地耷拉着。

"妞儿，你怎么了？过来呀。"

米娜跪下来，啪唧啪唧地拍打着水面。妞儿只是随波晃动着。

我们三个人呆呆地站在原地。水塘边，还残留着它吃剩的昨晚大家给它做的干草圣诞蛋糕。地上还有一颗南天果。

四十二

"寿命到了。从利比里亚来的时候，才一岁的小婴儿，今年已经三十五岁了。按照人的岁数来说，是岁数很大的老奶奶了。算是高寿了。"

天王寺动物园的兽医来回看着我和米娜说。

"是因为山火吗?"

米娜的嘴唇铁青。

"和山火没有关系。没有吸进烟尘，更没有被烧到。和火灾或是圣诞节都没有关系，只是凑巧碰到同一天了。"

"可是，也可能是被消防车的警笛声或是火势惊吓到，一紧张才淹死的。"

米娜一直盯着自己的脚下。

"妞儿会淹死？不可能的。妞儿在这个池塘里是多么悠然自得地游泳，你是最了解的呀。"

兽医把手按在米娜的肩膀上。刚才给妞儿听了两次心脏的听诊器在他的脖子上摇晃着。米娜为了忍住眼泪，使劲闭着眼睛点点头。

"受罪了没有？"

我代替米娜问道。

"身体上没有一点伤痕，而且眼睛很清澈。哪里像是受罪了？你们看，其实不过是睡懒觉的时候，被天堂召唤去了而已。"

躺在池边的妞儿，好像很放心似的把四条腿伸到草丛里，闭着鼻孔，将面孔朝着有光线的方向。圆滚滚的身体还没有干透，反着光。干草圣诞蛋糕好吃吗？它的肚子鼓鼓的，能看见肤色的乳头。此时我才知道妞儿也有乳头。它没有生过一只小河马，所以它的乳头也从来没有被使用过。

想到这里，我再也忍不住了，哭泣起来。

妞儿在天王寺动物园火化后，变成了骨灰回到我们身边。驮着米娜，昂然行进的妞儿，现在变成米娜双手可以拿住那么小了。

我们全家人都聚集到山桃树下 Fressy 动物园的墓地。小林阿伯用铁锹挖了个很深的墓穴。他额头上冒着汗珠，一直默默地挖个不停，直到姨夫说"差不多了……"为止。大家都静静地听着铲土的声音。

米娜双膝跪在土坑边，使劲伸出胳膊，把骨灰壶放在了坑底。她的裙子沾满了土。

"用不了多久，我也会去那边的。等着我啊。"

"是啊，很快会再见面的。"

罗莎奶奶和米田阿婆互相支撑着身体，给妞儿撒了一把土。两个人的哭声犹如二重唱般协调，随风在墓地上飘舞。

"让你最后一个人离开，对不起啊……"

说完后，姨妈双手捂住了脸。

"已经见到列车长三郎了吧？你要和那边的朋友们好好玩啊。"

姨夫虽然想要像平日那样微笑，却未能如愿，垂下眼睛，抚摸着姨妈的后背。

"谢谢你啦。这么多年来，真是多谢啦。"

小林阿伯很悲伤，仿佛一下子老了好多似的，握着铁锹的双手红肿着。

我捧起脚下的土，紧紧地握在手里。天空很晴朗，山桃树的叶子在脚边投下千奇百怪的影子。没有了主人的池塘恢复了平静，假山的巢穴里只剩下黑乎乎的空洞。六甲山重现了以往的姿容，地平线很遥远，外面世界的声音一点也听不见。我把用自己的体温暖过的一把土，笔直地撒在妞儿的身上。

米娜只是一个人站着，没有掉眼泪。脸上露出因愤怒而颤抖般的、强忍着悔恨般的表情，直勾勾地盯着墓穴深处。

"再见，妞儿。"

米娜只说了这么一句话。

小林阿伯用铁锹填上了墓穴，把墓碑插回了原处。

"清凉动物园的朋友们在这里安息"。

短短的第三学期的大半时间，我都花在了祭奠妞儿和准备搬回冈山以及转校的事情上。正月过后，妞儿的池塘立刻被填埋了，用作过滤装置的小屋也被拆除了。拆装公司的铲车和卡车进入庭院，小林阿伯负责指挥，只用了两天半，工程转眼间就完工了。这是 Fressy 动物园真正的终结之时。

每当看到被黑油油的新土覆盖的地方时，我就感到难过。妞儿曾经在那里戏水，时而浮出水面，现在这些全都像幻影一般远去。虽有意不说出来，但米娜也好，我也好，都一直在后悔：那个山火之夜，为什么没有想到妞儿呢？不但没有想到它的安危，反而抛弃妞儿，自己出去避难，甚至还欢喜打闹。在那期间，孤独的妞儿，该有多么不安地望着没有月亮也没有星星的夜空啊。它给我们提供了那么多的欢乐，却没有得到任何回报。一旦产生这样的想法，就怎么也无法原谅自己。

施工结束后，小林阿伯坐在墓前，长时间合掌祈祷。不只是小林阿伯，感到后悔莫及的每个家庭成员，都在做家务和学习的间隙、出去工作之前以及傍晚的寂寞时分，轮番去墓地，在那里待上一会儿。我捡到了妞儿爱吃的果实，给它送去时，看到树根处已经供着南瓜子或苹果了。

就连姨夫也没有了精神。原本妞儿是他十岁时的生日礼物，这也难怪。然而，也只有姨夫说服大家要尽量克制悲伤，首先要感谢妞儿，并且风趣地给米娜讲了她不知道的妞儿的小故事。

放在书房桌子上的计数器早已修好了，损坏物都已经收拾干净了，但姨夫仍然每天回到家里来。202号室的女人怎么样了？我自然没有办法知道。只是，桌子上仍然放着我夹在奔驰车雨刷里的那本广告杂志，没有被扔掉。它仿佛在无声地强调姨夫犯的错误一样，也仿佛在表达姨夫爽快接受这一申诉的决心似的，姨妈发现错字的那页一直翻开着。

第三学期结业典礼的那天早晨，米娜拿着装有拖鞋的手提袋，戴上手套，在大人们的目送下，和我一起走出了玄关。在苏铁前面的停车廊上，当然没有妞儿。但米娜没有伤感，坚强地抬起头来，用平静的声音说"我走了"。大人们没有一个人叮嘱她"不要勉强，慢慢走"什么的，只说了一句"去吧"。

米娜朝着小学，用自己的腿走起来。她自己一个人的行进。我一直目送她的小小背影走下坡道，一直到拐过弯去看不见了。

"今天我来还这个。"

我把借书证放在了借阅处的台子上。高领毛衣先生露出不明白为什么还借书证的表情看着我。

"三月份我就搬走了。因为妈妈的缘故，要回冈山去了。"

"是吗……"

高领毛衣先生穿着和我第一次看到他时一样的白色高领毛衣。那毛衣仍然像那天一样保持着整洁而清爽的白色。

"这段时间以来，谢谢您了！"

"遗憾呀，以后不能跟你谈论书了。"

高领毛衣先生的目光落在了我的借书证上。从第一行的《睡美人》开始往下看的话，可以回想起我们隔着借书柜台的每次对话。他表扬我时的微笑，照在他侧脸上的灯光色彩，他指着书架的手的形态，全都会浮现出来。

"芦屋第一聪明的中学生借阅者走了，这也是图书馆的损失啊。在冈山也要借好多书啊。"

"好。"

"这个，不用还了。"

高领毛衣先生把借书证递给我。

"看过什么书，也是怎样生活过的证明。这个是属于你的东西。"

我点了点头。

"到了春天，我的朋友会来办理新的借书证。你肯定会一下子就认出她来。个子很小,是芦屋真正第一聪明的少女。她的名字叫米娜。"

"嗯,我知道了。希望见到她。"

高领毛衣先生对我这样说道。

四十三

　　二月末下了好大的雪。好像是从傍晚下起来的雨夹雪，一夜之间变成了大雪，早晨一睁眼，发现院子里完全变样了。小火车的轨道，妞儿的假山，Fressy 动物园的墓地全都被白雪覆盖了。

　　我和米娜在睡衣外面套上大衣，跑到还没有人踩过的皑皑白雪上面，用自己的足迹随心所欲地画出喜欢的图案。没有一丝风，天空湛蓝，冰冷的空气刺激得脸上很疼。只是踩上脚印已经觉得不满足了，两个人并排躺在雪地上面。每当我们一扭动身体时，细雪就扬起来，迎着朝阳熠熠闪光。

按说应该很冷，但是不知怎么我们感觉后背很暖和。忽然意识到，这里曾经是妞儿的池塘。

"啊，就像骑在妞儿的背上一样。"

米娜心情舒畅地闭着眼睛。

"真是的。"

我学着米娜的语调，用关西腔说道。

"不对，不对。语调根本就不对。"

米娜立刻指出了我的错误。

"而且朋子，一次也没有骑过妞儿呀。"

"真是的。"

我又说了一次。

"语调还是有点怪啊。"

米娜高声笑起来，为了更多感受到妞儿，在雪地上滚起来。

"啊呀，你们两个怎么这样子就出来了?"

双手抱着围脖、毛线帽子和手套的米田阿婆，迈着不稳的步子跑过来。

"得穿暖和点才行。"

米田阿婆的脚步声离我们越来越近了。

"米田阿婆，在这儿呢。"

米娜和我一起挥起手来。

那个冬天，米娜不屈服于冷气团和低气压，一次也没有住院。虽然发了几次病，还得过胃肠感冒和流感，但是都在门诊就治好了。

不久，春天来了，米娜发病的次数少了很多。夜里，隔着墙壁听到的咳嗽声也随着她进入睡眠而平息下来。她喉咙里曾经吹过的风声，也仿佛幻听般远去了。

芦屋的春天，从山和海两个方向包围整个城市般来到了。覆盖六甲山顶的冷空气走了，绿色渐渐增添了温柔的色彩，小鸟的鸣叫声改变了。与此同时，海上云霞缭绕，地平线柔和起来，漂浮的船只也增多了。

四季轮回了一圈。我回冈山的日子定在三月二十四日星期六。

"以后你怎么收集火柴盒呢？"

我这么一问，米娜只是嗯了一声，没有回答。光照浴室的光照一边吱吱地响着，一边有节奏地旋转着。

"我在冈山看到好看的，给你寄来吧？"

米娜摇了摇头。

"火柴盒已经收集很多了。要是太贪心的话，它们会从床底下挤出来的。"

的确，装火柴盒的盒子已经达到了那个收藏之所放不下的数量。

"下个月开始我就上中学了，星期三哥哥也不会再回来了，现在正是结束的时候。"

米娜的吊带裙好像瘦了似的。虽然她的胸部还是平平的，但是从裙摆下面露出来的大腿粗多了。原来松垮垮的内裤现在也紧紧地包在屁股上。

"可是，好容易写的故事，扔掉太可惜了。我是它们的粉丝呢。"

"朋子这样说的话，我就好好保存着。放在纸箱子里，在盖子上这样写：'只有一个读者读过的故事在这里安眠'，然后，放在阁楼上的婴儿车里。"

这时，聚在起居室里的大人们的笑声传到光照浴室里。从东京的裁缝学校顺利毕业的妈妈为了来接我，第一次来了芦屋。到二十四日出发之前，她在这里住了三天，享受与女儿和姐姐一家的久别重逢。在新神户站把妈妈接到芦屋来的，仍然是姨夫的奔驰。一进入玄关，妈妈的第一反应，也和我去年完全一样。

"冈山，很近啊。"

米娜说道。灯泡嘎达嘎达响着，后背上映出的伊斯兰图案在摇晃。

"嗯，新干线只要一个小时。"

我回答。

"那么，以后随时可以来吧？暑假也可以，寒假也可以。"

"当然了。"

又传来一阵爽朗的笑声。久别重逢的姐妹，有说不完的话题。

黑色大理石壁炉、挂着床幔的床、枝形吊灯、波斯地毯、彩色玻璃窗……这些陈设让妈妈吃惊，就像当时也都让我同样吃惊。只有一件事不同，就是妈妈没有见到妞儿。我和米娜轮番连比画带形容地描述妞儿的容貌、性格以及驮着米娜去学校时的样子，妈妈只是啊啊地发出感叹。

一通感叹之后，妈妈向大家低头致谢："这么长时间，朋子给大家添麻烦了，真对不起。"

话音刚落，姨夫、姨妈、罗莎奶奶、米田阿婆就一齐说起来。"哪儿的话，根本没有添什么麻烦呀。""你真是养了个好孩子啊。""作为米娜的姐姐，是最好的朋友呢。"

"那可不，真希望她一直住下去啊……"

米田阿婆几乎是眼泪汪汪了。

"也欢迎米娜来冈山玩啊。当然，家里很小，没法和这里比，不过，可以在我的书房里铺上被褥，一起睡觉。"

和起居室的热闹相反，光照浴室里寂静极了，我们的说话声慢慢融化进了橘黄色的光线里。

"坐新干线不会晕车吧？"

"不会的，没有废气的。"

"是吗？也是啊。"

米娜放心地翻了个身。

直到二十四日那天为止，我们一直在反复谈论芦屋和冈山多么近，新干线是多么舒适的交通工具。谁都不说出"再见"这样的字眼。

这时定时器到时间，光线灭了。光照浴室里只剩下了煤油灯的照明。

"如果，不嫌它碍事的话，我想把这个送给朋子。"

米娜从脱衣筐里的裙子口袋里掏出一个小东西来。它发出窸窸窣窣的声音，我立刻知道是装火柴盒的盒子。那是吸入用哮喘药的盒子，打开盖子，里面放着两个火柴盒，是用玻璃瓶子收集流星的少女系列的火柴盒。

"可是，这是你最珍贵的……"

我刚这样说，米娜就打断我说：

"我只有这个东西可以送给朋子做留念呀。"

我们并肩坐在床铺上，一起看最后一个火柴盒的故事。大人们欢声笑语，我和米娜迟迟没有从光照浴室出来，竟然没有人觉得奇怪，大概是想让孩子们单独多待一会儿吧。

很久以前，在一个地方有个少女，她很想知道自己死了以后会怎么样。担心自己会消失不见。每当想到自己会消失不见时，便心神不安起来。

热心研究的少女，收集了各种遗骸进行观察。晚餐吃的鱼眼珠、鸡大腿骨头、干掉的壁虎、蝉蜕下来的壳、枯萎的玫瑰花、腐烂的橘子、指甲和掉了的乳牙。她把这些东西藏在床底下，每天晚上，等大人都睡着之后，一个个拿出来观察它们是怎样消失不见的。

可是，无论等多久它们也没有消失，只是在改变形状。有的东西变成黏糊糊的，有的东西变成破破烂烂的，还有的东西发出臭味。不知不觉间，床底下被这些东西占满了。

这时，少女看到书上写着流星是死去的星星，既然如此，少女准备了能够找到的玻璃瓶子，拼命收集落下来的流星，然后紧紧地盖上盖子，不让它们逃出去。

啊啊，难道这就是消失不见之后的样子吗？最初少女把玻璃瓶对着光亮，这样想。因为瓶子里很透明，很安静，没有一点气味。然而一晃动瓶子，就会发现在瓶子底儿有一颗晶莹的露珠。再仔细看，那颗露珠里映出了自己。她正盯着自己呢。

看来死了以后，也不会消失不见的。这个世界上的物质绝不会消失，只是改变了形态。少女松了口气。想象到死了之后的自己，会变成昆虫的壳，或是变成流星的样子，仿佛就能够慢慢地睡着了。少女安心地爬上了下面藏有很多遗骸的床上。

四十四

尽管我们两个那样反复谈论芦屋和冈山多么近，新干线没有废气等等，然而，从那以后三十多年的岁月中，我和米娜见面的次数屈指可数。

绝不是因为我们的关系疏远了，只是时间过得比孩提时代想象的还要快得多而已。

或者说相反地，随着时间的流逝，距离虽然远了，但是在芦屋和米娜一起度过的回忆越来越浓厚，增加了密度，在我内心深处扎下了根，几乎成为我回忆的支柱。

米娜给我的装火柴盒的盒子和芦屋市立图书馆的借阅证、在宅邸庭院里拍的纪念照一起，仍然收藏在我身边。

睡不着的夜晚，我就打开盖子，重读收集流星的少女的故事。回想起一个人去 Fressy 饮料工厂，跟蝙蝠模样的大爷要火柴盒，找到江坂皇家公寓去的那个星期天的探险。只要这么做，就能感到自己受到逝去的时间的守护。

回冈山之后，我和米娜第一次见面，是一九七四年的冬天，在米田阿婆的葬礼上。

那是一个特别寒冷的夜晚，米田阿婆像平时一样，把家里所有的门窗都关好，对大家说了晚安后，上床睡觉，到了早晨也没有醒来。她没有给任何人添麻烦，独自远行了。

出席葬礼的有姨夫一家人、小林阿伯、我和妈妈，以及町内会的几个人。虽然人不多，但每个人都发自内心地悲伤。在米田阿婆所尽的伟大义务面前，大家都自愧不如。

只有一件事使众人感到安慰，那就是罗莎奶奶的精神状态已经迷失于不能明白米田阿婆已死的世界了。缩小了一圈的罗莎奶奶坐在轮椅上，一直笑眯眯的。我跟她握手问候，在她的手心里写"朋"这个字的时候，也认不出我是谁了。

米娜告诉我罗莎奶奶只会用德语说话了。但是，只有对米田阿婆说话时，她能用日语和德语准确地表达意思。这情景真是不可思议，仿佛证明她们是真正的双胞胎似的。

大家在米田阿婆的棺椁里放进了各种东西。她常用的围裙、炼乳、有奖征稿的明信片、圆珠笔、照片、鲜花。罗莎奶奶抚摸闭着眼睛的米田阿婆的眼皮，微笑着把草帽和贝雷帽轻轻地放了进去。

我和米娜拉着手送别了变成青烟升上空中的米田阿婆。但是，米娜的手已经不再像小鹿斑比那么纤细了。伫立在须磨海边哭泣不已时，全心全意为日本男子排球队声援时，从星期三青年手里接过火柴盒时的那只眼看就要破碎的颤抖的小手不见了，她的手里充满了捕捉未来的巨大能量。

第二年的夏天，罗莎奶奶平静地追随米田阿婆远行了。米娜等不到参加中学毕业典礼，就去了欧洲，进入了瑞士的寄宿学校。后来，在法兰克福大学学习文学，毕业后在贸易公司和大使馆工作过，三十五岁时，在科隆成立了版权代理公司。这是个翻译出版欧洲和日本文学作品的中介公司。那一年恰好发生了阪神大地震。

其间，在姨夫的公司被大饮料公司并购，以及芦屋的房子转手他人时，米娜都没有回国。

那个曾经只能骑着妞儿去学校的少女，如今正行进在我所不知道的地方。

朋子：

　　科隆迎来了一年中最美的季节。冈山那边怎么样啊？姨妈也很好吧？

　　我每天都一边抱怨着赚钱好难啊，一边愉快地工作。版权代理虽然是没有人会赞美的普通工作，但偶尔还是会给我带来可贵的小喜悦。今天，偶尔在街上的书店里看到一个女孩子在买我经手的绘本。她很珍惜地抱着书，拉着妈妈的手回家去，我一直目送她们的背影，直到看不见为止。这让我回想起每次在玄关翘首以待，等着朋子从图书馆给我借书回来的情景。

　　对了，暑假快到了。你要是愿意的话，今年下决心来科隆玩玩儿好吗？你最小的孩子已经是高中生，差不多不用人陪着也可以自己在家里了吧？

　　其实，前几天偶然看到了罗莎奶奶一家以前住过的柏林的公寓，就在以前的东柏林地区。当然，现在住着其他人。不过，公寓侥幸没有毁于战火，保留着当年的模样。我告诉爸爸后，他说一定要来看看，今年夏天打算到这边来。当然，妈妈也和他一起来。他们要去收纳着罗莎奶奶头发的柏林的墓地祭奠，然后在阿尔勒的别墅住一段时间。

所以，我就想，要是朋子也和爸爸妈妈一起来多好啊。说是一起来，实际上应该说是更想拜托你一路上照料他们二老。要是真的能实现该有多高兴啊。我想带朋子去看的东西和地方多得数不清。

请积极地考虑一下吧。等待你的好消息。从爸爸的年龄和健康状态看，父母一起海外旅行，恐怕是最后一次了。

请多保重。以后还会给你写信，以诚挚之心。

米娜

米娜：

谢谢你的来信，非常感谢你的邀请。说来也巧，就在上个星期，我应邀参加了姨夫的喜寿宴席，刚刚见到了大家，正想给米娜写信呢。

回想起来去苦乐园公寓拜访，还是震灾时去帮忙后的第一次，竟然已经时隔十年了。真是让人吃惊。

龙一哥一家也都来了，是个非常热闹的聚会。虽然达不到六甲山饭店那次来家里的水准，但大人们用德国红酒，孩子们用果汁干杯，吃了好吃的寿司。不知是谁提起来的，以前在这种宴席上必定会喝 Fressy 饮料。Fressy 饮料已经停止生产很多年了。

看到姨夫和姨妈都很好，我就放心了。姨夫的气色特别好，根本看不出做了心脏手术，食欲旺盛，潇洒依旧。姨妈细心周到地照顾姨夫，虽然儿孙绕膝，她还是挂念着独自一人远在国外的米娜。

暑假的欧洲之行计划，如果可以实现该有多么棒啊。图书馆在盂兰盆会期间闭馆一周，我应该可以请出假来，不过，我怕不但照料不好姨夫姨妈，反而成为他们的负担。因为我还没有护照，所有的手续都要从头办起。

最后，请多多保重身体。期待重逢的那一天。

朋子

又及：

从苦乐园回来的路上，我突发奇想，中途在芦屋下了车，去看了以前的宅子。我不愿意面对最喜欢的那个西洋公馆已经不存在了的事实，一直没有去过，但是，那天从阪急线电车车窗看到芦屋的街道逐渐出现在眼前时，不知怎么心动了。无论风景变成了什么样，也不会伤害到我的回忆，或许在我的心中孕育出了这样的自信吧。

如传闻，那里盖起了化学公司的宿舍和公寓。地皮被分割，周边的房子也不一样了，因此，不注意看的话，甚至会错过的。那里只剩下一部分石墙了。

恰好宿舍管理人模样的人在打扫玄关。我说明情况后，被允许进入里面。不过，我越看越糊涂了。从食堂的窗户看到的大海非常小，庭院里杂草丛生，正对面就是公寓的停车场。

只是看到东侧的窗户时，我发现了熟悉的山桃树。虽然已经长成高大的树了，但是可以肯定，它就是那棵守护着 Fressy 动物园的墓地的山桃树。

在它的根部开放着红色的一串红，是那种犹如从妞儿的故乡利比里亚飞来的种子开出的花那样鲜艳的红色。